小説・養護施設シリーズ　1

一流の条件　〜　ある養護施設長の改革人生

与方　藤士朗

目次

本書における物語はすべてフィクションであり、
実在する団体、組織、個人及び実際に起こった出来事や事実関係等とは、一切関係ありません。

注：「養護施設（旧名称は「孤児院」）」は１９９７（平成９）年に成立（翌年施行）した児童福祉法の改正で「児童養護施設」と改められましたが、本書では、旧法令（昭和２２年成立・翌年施行）での名称である「養護施設」を原則として使用します。なお同法では児童養護施設に住む子どもたちを旧来より男女年齢に拘らず「児童」と称していますが、こちらも、原則として「子ども」「子どもたち」という表現を使用します。

自分宛の辞表

2018（平成30）年1月中旬　よつ葉園園長室にて

児童養護施設よつ葉園の大槻和男園長は、1982年に園長就任以来、36年間にわたってよつ葉園を運営してきた。その間、法令上の用語も「養護施設」から「児童養護施設」へと変わった。それだけではない。園長就任当時職員だった者は、この地にはもう、誰一人いない。児童＝子どもたちは言うに及ばず。自分が園長就任前の「卒園生」には、すでに60代に差し掛かっている人もいる。

大槻氏は、園長室のデスク前のチェアーに腰かけ、よつ葉園で起きてきたこと、かつてこの地にいた元児童や元職員たちのことを、思い出すともなく考えていた。今年の誕生日で73歳。園長になったのは37歳になる年だったが、就任時点で満36歳。確かに若かった。息子が二人、どちらも小学生だった。二人ともとっくに成人し、巣立っている。養護施設には創業者などの親族、それも息子が後を継ぐパターンが存外あるが、彼らはどちらもこの仕事を継がなかったばかりか、岡山にさえ住んでいない。前妻とは離婚して久しいが、時にどこかで会うこともある。あの頃はこの敷地内に設けられていた職員住宅2軒のうちの片方に住んで子育ての最中だった。今は再婚した現妻と、別の場所に家を設けてそこに住んでいる。自らの家族が住んでいたかつての職員住宅は、隣も含め2軒とも、現在では、この地に住む子どもたちの住む寮舎と、当時はなかった心理療法棟となり、かつてはいなかった心理療法士が雇用され、常勤職員として常駐している。

これまで幹部職員というべき男性の児童指導員が何人かいたが、皆さん思うところあって、あるいは何かの事件もあって、退職していった。山崎良三元児童指導員は現在、福祉の仕事を離れ、自営業で生計を立てている。大学を出て新卒で入ってきた尾沢康男元児童指導員は25年間勤めた後退職し、現在は社会福祉士として活躍している。彼らのどちらかが後任で園長になってくれればよかったのだが、二人とも、自分の方針に異を唱えるかのごとく、「退職」という形でこの地を去っていった。やはりこれは、不徳の致すところというのが正直なところ。もはや取り返しがつく話でもない。おかげで、後継者を選ぶのにも苦労した。結局、前任の東航園長が在任した年齢に近くなる今日にいたるまで、自分は30年以上も園長職を務めた。後任の園長もまた、自分が園長職を継いだ時とほぼ同じ年齢の人物を充てることになるだろう。その予感は現実となった。この職を継いでくれる者の目途がようやくついた。伊島吾一という今年で37歳になる人物。彼は学生時代からこのよつ葉園にボランティア活動で出入りし、大学卒業後そのまま児童指導員になった。彼もすでに結婚して子どももいるが、職員住宅ではなく、丘の下のよつ葉園とは別の学区に住居を構え、そこから自家用車で通勤してくる。かつての自分と比べ合わせると、時代の差を感じないわけにはいかない。自分の息子たちよりも若い彼に、あとを託そう。

大槻和男氏は現在、このよつ葉園の理事長と園長を兼務している。自分で自分に提出するのも難だが、法的に証拠となる文書をきちんと整えておくことも肝要である。

年明けのある日、彼は、ドイツ製の万年筆を取出し、インクボトルにペン先を突っ込み、そこから久々にブルーブラックのインクをペンの胴体に注ぎ入れた。インクを入れたペンで、少しばかり別の紙に試し書きをした後、机の中から便箋と封筒を取出して、園長の自分が理事長の自分に対して出す「辞任願」を便箋に書き、三つ折にしてその封筒に入れた。その表紙には、ペン立てにある黒の筆ペンで「辞任願」と書いた。彼は30年前と変わらぬ銀縁の眼鏡をかけ、品のある背広を着てよつ葉園に来て、いつものように業務をこなした。

2月最初の土曜日の午後。よつ葉園2階の集会室で、社会福祉法人よつ葉の里の理事会が開かれた。否、自ら招集したと表現するほうが、より実態にそぐうかもしれない。議長は理事長である自らが務める。定足数に達している。まず彼は、自ら作成した辞任願を自らと他の理事らに提出して見せた。そしてよつ葉園の園長職をこの年度末で辞任する旨の説明をした。採決を取った。満場一致で彼の園長辞任が可決。続いて、高齢のため退任する理事からの辞任届を示した。彼は病床のため、すでに親族より委任状が出されている。彼の辞任も満場一致で可決。続いて、伊島吾一児童指導員を紹介し、彼に、来年度からの園長就任とそれに伴う理事への就任を正式要請した。彼はその場で快諾した。その結果、次期園長に伊島吾一児童指導員が新年度より就任することが決定し、さらに、彼の理事就任も決定した。他の案件もいくつか討議された。

特に問題なく、約1時間で理事会は終わった。

「代替り」の筋道が、これで正式についた。あとは年度末の引継までが、自らの園長としての仕事。それが終われば、自らは昔でいう「隠居」である、と言いたいところではあるが、引続き理事長職は継続するので、そう簡単に「隠居」というわけにもいくまい。

よつ葉園での業務を済ませた老紳士は、自らの自家用車のハンドルを握り、郊外の丘を下りて電車通りから少し入ったところにある街中の自宅へと戻っていった。

養護施設の朝

昭和50年代（1980年前後）の養護施設「よつ葉園」にて

養護施設（現在の児童養護施設）の朝は、とにかく早かった。

職員たちは、平日であれば遅くとも6時には起きる。住込みで働いている職員たちは、寝泊まりしている居室から起き出し、布団を畳む間もなく、早速勤務に入る。もっとも、「生活そのものが仕事」だから、化粧や服装などの身だしなみを特に整える必要はない。見ていてあまりにだらしない格好では困るが、それなりに動きやすい格好で十分。かつてよつ葉園がこの郊外の丘の上に来る前、O大学近くの津島町にあった頃は、6時30分が平日の起床時間であった。時計の針が6時30分を示すや否や、事務室にある放送設備に接続されたレコードの電源を入れ、「カッコウ」の音楽が全館にかけられる。日曜・祭日については7時、後に8時に繰り下げられたが、やはり、起床時間には同じ曲をかけて、子どもたちを起こしていた。これが、よつ葉園の朝の始まりである。他の施設では起床後にランニングなどをさせるところもあるが、夏休みの時期のラジオ体操を除き、よつ葉園ではそういうことはさせていなかった。定番の「カッコウ」の曲が終ると、次はアニメの曲など、なにがしかのレコードをかけ、さらに、子どもたちに夢の世界から速やかに現実世界へと戻るよう、保母たちには子どもたちを起こすよう、ハッパをかける。創立以来、森川一郎元園長（創立時は常務理事）の尽力により、よつ葉園は地域の人たちからの評判も良く、起床時間のレコードが「うるさい」という苦情が入ることはなかった。そのレコードのおかげでうちの子を早起きさせられて助かると隣家の母親から感謝されたり、早くから起きている老夫婦が、よつ葉園さんのレコードを聴くと、ああ、また朝が来たな、という気持ちになれると言って来られたりしたことなら、何度かあった。レコードがかかると、保母たちは一斉に自分の担当の部屋に行く。さっと起きて着替えていく子もいれば、そうでない子も。とにかく保母らは担当の子どもたちを起こし、身支度させる。やがて子どもたちは、学校に行く日は制服、そうでない日は適当な私服に着替える。7時にもなれば、幼児以外の子どもたちが食堂に集まる。普通なら三々五々、食事を済ませて出ていくところだろうが、この頃の養護施設は、何かにつけて子どもたちに集団行動を強いていた。食事のときも例外ではない。みんな集まった段階で、どこかの職場の朝礼で行われているような話を、短大を出て数年の若い保母が小学生以上の子どもたちに向けて約5分間話す。朝食前の「点呼」のようなものだ。それが終われば、時計の針は7時10分頃。さっさと食べさせてやればよいだろうと思うが、ここでまた、長い朝食前の祈りのような言葉を、子どもたちは朝礼担当保母の「導き」のもと、延々と語らされる。それが1分ほど続き、やっと、「いただきます」である。そこからは、ごくごく普通の食事。お代わりをする子もいればそうでない子もいる。男の子で食べ盛りであれば、大抵は2杯かそこら、みそ汁とご飯を食べる。

食堂の壁には黒板がある。そこには、毎週月曜日から日曜日までの朝昼晩の献立が書かれた紙が貼られていて、その日の献立が黒板に白いチョークで書かれていた。献立のローテーションは、朝昼晩とほぼ決まっていた。例えば、土曜日の昼はうどんかそばの麺類、土曜の夜か日曜の昼が、カレーといったように。

朝食のご飯の付合わせとみそ汁の具は、毎週、曜日ごとにきちんと決まっている。ここではごはんの付合せをご紹介したい。
月曜日　味付け海苔
火曜日　きな粉
水曜日　ちりめんじゃこ
木曜日　海苔佃煮（アラ！　～　兵庫県西部の食品会社「ブンセン」の商品）
金曜日　生卵
土曜日　ふりかけ（のりたま）
日曜日　パン食（菓子パンとトーストが週ごとに交互）
日曜日はパン食なのだが、この日だけは、全員集まっての食堂ではなく、部屋ごとにパンなどを持ち帰って、そこで食べることになっている。昭和５０年代初期までは、朝食後にカワイの肝油ドロップとビオフェルミンという白い錠剤のようなものを子どもたちに食べさせていたが、いつの間にか、その習慣はなくなった。ごはんの付合せというのも意外と大きく、それぞれ、好きな付合せが出るのを楽しみにしていた。金曜日の「生卵」というのは、今なら「卵かけご飯」と称して大人気だが、よつ葉園では、当時から週1回とはいえ普通に出されていた。ただ、卵はまだ高価な食材だったため、ご飯をよく食べる子でも、2個使うことはまずなく、1個をうまく使って、お代わりして食べきっていた。
「朝は女房のネギを切り刻む音で目覚めたい」といった言葉に代表される昭和の平均的家庭像が、明治生れの森川元園長や東園長、終戦直後から勤めてきた昭和の戦前生れの山上保母らに根付いていたことが、よつ葉園をして朝食に「和食」を位置付けて力を入れていた最大の理由である。

だがそれ以上に、施設運営におけるシビアな問題として、経費の問題があった。

よつ葉園としては、業者との取引上、和食を増やして米をできるだけ多く買うことで、食材を安く仕入れる必要があった。全面移転後は白米だけになったが、津島町にあった頃は、白米だけでは高価なので、ある程度麦も混ぜていた。週６日も和朝食があれば、米穀業者としてもそれなりの売上が確保できる。よつ葉園のような養護施設は、どの食品業者にとっても、大口の優良取引先の一つであった。

この頃のよつ葉園、パン好きな子が多かった。学校給食はほぼ毎日パンで、たまに麺類が出されていた時代だが、肝心のよつ葉園では毎日ご飯と味噌汁、それも、ご飯は麦が混ざったもので、それだけならいいものの（今の時代なら、むしろ健康にいいからありがたいぐらいだが）、しばしばコゲがついた。大きな窯で大量に炊くわけで、炊きすぎたりしてしまえばコゲもつく。今でこそ、コゲをウリにしたご飯や釜飯も人気だが、そんないいものではない。その点パンならば、トーストなら焼きすぎない限り問題はないし、菓子パンならそもそも焼く必要などないどころか、甘い味付けもなされており、コゲの出る余地はない（もしそんなものができたら、工場ではじかれよう）。

朝食が終り片づけをした後は、それぞれ食堂を去り、部屋に戻って支度し、続々と学校に向かっていく。炊事場は、朝食の片づけが終ったら、しばらく休憩に入る。

昼食をとるのは、子どもたちが学校に行っている日は、勤務している職員たちと保育中の乳幼児たちだけ。それほどの量ではない。とはいえ総勢２０人程度は在園しているから、一般家庭などよりはるかに多い。しかも、幼い子どもたちと大人である職員たちの食事を、献立だけならまだしも味付けまで同じにするわけにもいかないから、栄養士や調理担当職員たちも、食材や味付けはもとより、献立そのものにも大いに気を使う。そして、平日の昼間にも、カレーやサンドイッチなどのパン食が週1回ずつどこかで出されていた。それは丘の上に移転して後も続いていた。移転後の話だが、定時制高校に行っていた高校生の中には、予めその日の献立を見て、カレーやパンを食べるためだけに昼まで外出せずに残っていた子もいたほどである。

病気などで休む子や、学校が休みの子は別として、ほとんどの子どもが、平日の朝8時過ぎには、よつ葉園からいなくなる。残るのは、小学校に上がっていない幼児たちと、住込みの職員たち。やがて、通勤で勤務している園長や主任指導員、それにベテラン保母や事務員たちもやってくる。9時過ぎには、いつものように朝礼を行い、それが終われば、園長や主任指導員、事務員、炊事場と保育担当及びその日の「当直」職員を除き、他の住込みの職員たちは子どもたちが学校などから帰ってくる夕方まで、長い「休憩」に入る（その点についての手当も、毎月設けられている）。いずれにせよ、朝仕事に来て夕方帰宅する人たちの感覚とは、随分違った仕事である。それは現在もあまり変わっていない。

このようなよつ葉園での朝の光景は、時代の流れとともに少しずつ変わっていった。その決定打は、1981年5月、よつ葉園が津島町から郊外の丘の上へと全面移転したことであった。津島町のよつ葉園前の国道X号線の交通量が増大したこと、文教地区化に伴って地価が上がったため増改築も困難になり、加えて園舎も老朽化してきたことが、全面移転の理由であった。よつ葉園は移転を機にそれまでの「大舎制」をやめ、20人強の寮に子どもたちを3つに振分け、そこで生活させる「中舎制」に移行した。それを機に、よつ葉園の朝の光景は幾分変わった。だが、その寮の子どもたちと職員らが集まって食堂で食事をとることは変わらず、単にそこにいる人数が減っただけ。さらにその場で過ごす人数を少なくした「小舎制」というものもあるが、そうとなると建物と職員数の問題や、職員や子どもたちの人間関係がうまく行かなかった時のリスクもあるので、そこまでは踏み込めなかった。とはいえ、それを機に朝や夕方の食事前の長い祈りの言葉ともつかぬものを唱えることは、この移転を機会に完全になくなった。

食器も、それまでのプラスチック製から、陶器のものへと取換えられた。プラスチック製の容器は確かに壊れにくいが、子ども向けの絵柄の入ったようなものは別としても、近隣のO国立大学の学生食堂（生協は当時なく、共済会という団体が学生食堂や売店などの運営をしていた。ちなみにその「学食」、お世辞にもうまいとは言われていなかった。そのためか、O大学近辺の学生相手の食堂は大繁盛していた）や市役所の食堂などの食器のように、さしたる絵柄もなく単色の味気のない食器に盛られたごはんやみそ汁のお椀、おかずやカレーの皿、そして丼などで、毎日の食事をとらされるのは、いかがなものか。

よつ葉園の食卓の「器」を変えたのは、大槻和男主任児童指導員の発案だった。

反面教師　　昭和50年代（1980年前後）　大槻邸にて

よつ葉園前園長の大槻和男氏は、岡山県西部の田舎町で、終戦の年である1945年4月に生れた。上には兄、下には妹がいた。彼の遠縁には、岡山市内の孤児院よつ葉園で常務理事をしている森川一郎という人物がいた。森川氏は、和男少年の父親のいとこにあたる。遠縁の和男少年の元気の良さと負けん気の強さを聞き及んだ森川氏は、彼に関西圏の大学への進学を勧めた。ただし、それは福祉系の学部ではなく、大阪市の郊外にある河内商科大学という私立大学の経営学部だった。その手の学部を勧めたのも、森川氏の思うところがあってのことだった。彼はこの大学で経済学と経営学を学び、卒業後の1968年4月、よつ葉園に就職した。

農業の盛んな地域で育った彼は、子どもの頃から食べ物にはさほど困らなかったが、朝食は普通にごはんと味噌汁、それに漬物がある程度の、質素な「和食」だった。

「都市の風は自由にする（*Stadtluft macht frei.*）」

高校の世界史の授業で、彼はその言葉を聞いた。ドイツの中世都市に関する法諺（ほうげん）だという。彼は英語がさほど得意ではなかったが、英語と同じゲルマン系の言葉であるドイツ語の「アルファベート」が並んだこの一文が、中年の男性教師によって黒板にチョークで書かれ、そしてドイツ語でゆっくりと読み上げられたそのとき、南海ホークスの杉浦忠投手を思わせる少年の黒縁眼鏡の目の前には、心にひときわさわやかな、しかし力強い風が体に吹きつけてきた。大槻和男少年、17（歳）の夏。

その前年、彼が高校に入学した1961年夏。国鉄は、全国に気動車特急網を形成するため、各地で新型特急車両の試運転を行った。彼の高校は、国鉄山陽本線の沿線にあった。さらにその前年には「岡山電化」が完成、倉敷まで電化が進んでいた。彼が住む町の駅も、来年には電化が決定している。岡山県西部のこの地にはすでに、10月のダイヤ改正で投入される気動車特急が、赤とクリームのツートンカラーもさわやかに、九州へ関西へと駆け抜けている。夏なのに窓は開かない。この特急列車は、夜中に通過していく東京と九州を結ぶ深い青に白帯も鮮やかな「走るホテル」と称される夜行特急同様、冷暖房完備。しかも、当時手動で走行中もドアが開けられた客車と違い、自動ドア。広島方面に向って前から3両目の、窓枠が少し他の列車と違う場所が食堂車。秋には、この車両のテーブルに客が押し寄せ、ステーキを食べたりビールを飲んだりするだろう。すでに東海道本線を走っているビジネス特急「こだま」と同系の電車特急がこの地に走るのは、それから1年も経たなかった。「広島電化」に伴い、「つばめ」と名乗る電車特急列車は、前年大阪―広島間で運転を開始した気動車特急「へいわ」を吸収し、長躯東京からやってきた。

この列車で都会に出たい。そんな思いを知られてか、親戚の森川のおじさんが岡山からやってきて、どこか関西の大学に行けと勧めてくれた。4年間の学費も生活費も出してやるという。そのかわり卒業後2年間、おじさんのいる養護施設で働くことが条件。

自宅はどうせ兄が継ぐ。しかもうちは、お世辞にも財産のある家ではない。だが、この話に乗れば大学に行ける。卒業後はどう転がってもこんな片田舎に住まわされたり、まして婿養子として近辺のヘンピなところに送り付けられたりすることも金輪際ない。

上にも下にもいけない場所から、いよいよオサラバするときがやってきた。

当時はまだ地方受験などというものが一般的でなかった時代。大学進学率も低かった。岡山会場などという気の利いたものはない。大槻青年は大学受験に際して、普通列車を乗継いで大阪まで出た。姫路駅のあの有名な駅そばも、このとき初めて味わった。首尾よく大学に合格できた。今度は、湘南色も鮮やかな電車急行「第一宮島」で大阪に出た。行きがけに、ビュフェの寿司コーナーに行って寿司を食べた。江戸前のにぎりを食べた。居合わせた福山から乗った弁護士のおじさんに、ビールをおごってもらった。都会暮らしが始まった。河内商科大学は「実学」を重視していた。同じ学校法人の系列の自動車学校にさっそく通い、運転免許も取得した。その費用も、森川のおじさんが出してくれた。嘱託医の息子でよつ葉園に幼少期から縁のある大宮哲郎氏はO大法科（当時は法文学部法学科）を卒業し、学生時代に岡山で知合った政治家の紹介で大阪の三角建設に就職していた。森川のおじさんに紹介された大宮氏が、大槻青年の下宿など、都会暮らしの世話をしてくれた。大宮氏は森川氏の意向に従い、大槻青年に様々な人たちと会う機会を与えた。

都会に出てさまざまな刺激を得て、大槻青年はそれまでの自分自身を徹底的に変えていく必要を感じた。いくら食べ物には困らなかったと言っても、決して裕福だったわけじゃない。5歳上の兄に押さえつけられ、下には妹がいる故に親から我慢を強いられた彼は、大阪郊外の庶民的な下町にある大学で、都会の風を4年間にわたって浴び続けた。電車に少し乗れば大阪の中心部。そこから幾分足を延ばせば、甲子園球場にも行ける。彼は幼少の頃より巨人ファンで、赤バットの川上哲治選手にあこがれていた。すでに現役を引退しているが、巨人の監督として、阪神戦のために甲子園球場に、目下売出し中のONらを引き連れて東京からやってくる。新幹線が開通したその年末、金田正一投手が国鉄から巨人にやってきた。あこがれの選手たちを、彼は甲子園球場の3塁側からじっくりと見た。1965（昭和40）年6月28日の阪神対巨人戦で、阪神のジーン・バッキー投手がノーヒットノーランを達成した。巨人ファンの彼は、幸運（不運？）にも、その試合を見ることができた。

大学を卒業した彼は大阪の下宿を引払い、卒業式の2日後の朝、新大阪から広島行の電車特急「第一しおかぜ」に乗り、食堂車でビールと食事を楽しみながら岡山へ戻った。そして、岡山駅から自転車で15分程度の津島町にある養護施設よつ葉園に就職した。森川のおじさんとの約束がある以上、仕方ない。だが、2年間の辛抱だ。そう言い聞かせて、彼は実家のある県の県都に初めて住むことになった。勤め始めて2年目の1969年夏。アポロ11号が月に到達し、甲子園では三沢と松山商の決勝戦で盛り上がったその頃、同僚で同学年の今西幸香児童指導員との恋愛が発覚した。大槻青年は彼女に山上保母のようによつ葉園に勤めてもらい、自分は何か岡山で事業を興して大阪に出ようと思っていた。

彼は、近所の自動車屋に休みの日などに行っては、クルマいじりをしていた。上司の森川園長は、嘱託医の息子の大宮哲郎氏に彼のことで相談した。今西女史もまた、大槻氏以上に行動的で社交的な女性だった。共働きをしてそれぞれ独立した生計を立てつつ家庭生活を営もうと、どちらもが思っていたのだが、まだまだ男が働きに出て女が家庭を守るというのが一般的だった時代。

それには、待ったをかけられた。

大宮の哲郎君が先日岡山に帰省した際、あんたのことで相談した。哲郎は、どんな事業を興しても、大槻君なら間違いなく成功できると言っていた。だが、何分女性にもてると聞いているし、社交的でもある。養護施設という世界なら、確かに社会性も飛びぬけていて、いい意味で異質だが、例えばあんたが自動車屋を興したとして、毎日のべつ、あるいは時にまとまったお金が出入りするような環境に身を置くと、その目先の金に釣られて遊びすぎたり、あるいは経費を使いすぎたり、まして女に目がくらんだり。どうも、危なっかしさを感じてならんと彼は言っておった。まして結婚でもして子どもでもいようものなら、甲斐性で済むどころか家庭が崩壊して、それこそ、冗談一切抜きに、うちにあんたの子どもを預けなければならんことにだってなりかねん。今は景気がいいけれども、少しでも不景気風が吹いたら倒産のリスクだってある。それよりも、よつ葉園は男性職員に対してしっかりした給与体系を作ってくれているのだから、それに則ってきちんと生活を成り立たせて、家族を養いつつ、よつ葉園の子どもたちと若い職員の皆さんを引っ張っていく方がいいのではないか。それができれば、大槻君はよつ葉園で将来園長として、言葉を変えれば、社会福祉法人の経営者として、十二分にやっていけるだけの素質があると思う、ってな。

悪いことは言わん。うちでしっかり仕事して、この世界で身を立てたほうが、いいのではないかな。これは哲郎だけの意見じゃない。私も、そのほうがええと思うがなぁ・・・。

大宮哲郎氏と森川一郎園長に諭され、結局大槻青年がよつ葉園に残り、妻となる今西指導員が結婚を機に退職し、揃ってよつ葉園の敷地にある職員住宅で新婚生活を始めた。やがて、子どもも生まれた。その大槻邸の朝食は、当時のよつ葉園を徹底的に反面教師としているかのようだった。それが証拠に、大槻邸では、ほぼ毎朝パン食だった。よつ葉園では、日曜日のパン食でトーストが出されるときにはマーガリンを使っていたが（これは経費上の問題である）、大槻邸では、決してマーガリンを使うことはなかった。毎朝、必ずバターを使っていた。

もっとも、子どもたちがジャムなどを使いたがっても、週1回かそこらしか使わせなかった。

彼は、洋朝食にこだわりを持っていた。もっともこのこだわりは、彼の幼少期における経験ではなく、大学時代、阿部直治氏という友人宅に招かれて朝食を呼ばれたときに端を発していた。芦屋市にある阪急沿線の阿部青年の実家では、朝食のパンの食べ方ひとつとっても、きちんとした作法があった。阿部氏の父方の祖母は、ハイカラな人だった。なんせ子どもの頃から、行儀の悪い食べ方、それこそ、ハンバーガーをかぶりつくようにトーストを食べようものなら、彼女の息子や孫たちは、

「そんな食べ方は、外国の線路工夫のすることです！」

とやられていた。阿部青年は大槻青年が訪れたとき、祖母と示し合わせて、パン食の作法を実演してくれた。それこそ、彼が子どもの頃の食卓の様子を実演してくれたのだが、さすがに人前の演技というだけあって、ジャムを求める直治青年に、おばあさんが「虫歯になるから駄目です」と答えたときと、彼が大口をあけてパンをかじって見せて、「外国の線路工夫」という言葉がおばあさんから出たときには、笑いさえ起きた。

「外国の、って、どの国でしょうか？」

おばあさんは、大槻青年の質問に、にっこり笑いながら答えた。

「そうねえ、あえてどこかと言われたら、アメリカあたりかしらね。西部劇に出てくる線路工夫役の俳優がそういうシーンを演じたら、似合うでしょう」

この日はパンにこそジャムを塗らなかったものの、食後に出された紅茶には、なんと、ジャムをスプーンで舐めながらどうぞと言われた。おばあさんの話では、何でもそれが、ロシア式の紅茶だという。紅茶に入れて飲むのは、ウクライナやポーランドの飲み方です、とも。彼女は単に厳しいばかりの人では

なく、そんな洒落っ気も持ち合わせていた。

「大槻君、あなたもいずれ、結婚して子どもさんも生まれてくるでしょう。アメリカの子はピーナッツバターが好きと伺っていますが、子どもたちにパンを食べさせるなら、ピーナツバターやジャムなどは、週1回程度、それと、何かの記念の日とか、そういう日だけに食べるようにされた方がよろしい。子どもたちに甘いものを与えすぎては、虫歯の心配も去ることながら、食育上、決してよいことではありません。いいですか、パン食の基本は、ブレッドゥンバター（パンとバター）。これこそが、滋味掬（きく）すべき食べ方なのですよ」

大槻氏は芦屋のおばあさんの教えを受継ぎ、子どもたちを育てた。さすがに彼女のような厳しいことをそのまま子どもたちに言うことはなかったが、食育に関しては、よつ葉園以上の行儀を子どもたちに課していた。もちろん、大槻邸の食器にはプラスチック製のものはほとんどなかった。言うまでもなく、子どもたちやその両親である自分たちの食べる食器や、ましてや来客用の食器にプラスチック製のものなど、あったはずもない。飛び抜けて高価なブランド品を置いていたわけではないし、夫婦ともにそのような趣味があったわけでもないが、それなりに品のある食器を、彼らは自宅に揃えていた。

隣の芝生から　1　1982（昭和57）年2月中旬　くすのき学園事務室にて

「園長、ちょっと、お話があります」

梶川弘光指導員は、稲田健一園長を呼び止めた。稲田園長に招かれ、彼は園長室に入った。園長室に入るや否や、梶川指導員は、封筒入りの文書を一通、稲田園長に提出した。そこからの展開は、稲田園長の予想通りだった。彼も、この春でくすのき学園の園長を退任することがすでに決定している。後任には、この春で児童相談所を定年で退職する青山智正氏がすでに内定している。困ったことに、梶川氏の高校の後輩で幼馴染でもある山崎良三児童指導員も、よつ葉園への「移籍」を希望している。

小学校長を定年退職と同時に市教委より紹介されてくすのき学園に赴任し6年間。必要以上に大きな声で職員が子どもたちを指示して言うことを聞かせるという「支配」が常態化していたこの養護施設を、子どもたちの住む「家」に近づけるよう努力してきた。幼い子たちにはそれなりに効果が出てきたが、幼少期からこのくすのき学園にいた年長の子らの心を変え切れていない。子どもたちの目が今なお、「捨て猫」のようにみえて仕方がない。それなのに、自分は辞めるからあとは知りませんでは、彼（彼女）らが可愛そうだ。子どもたちのことを思うにつけ、稲田園長は、自分に協力してくれている若い彼らの処遇を決めあぐねていた。

「梶川君、理事長はあんたにいて欲しいと思っておられてなぁ、私の一存で即受理、どうぞ辞めてともいかん。聞けば、山崎君までよつ葉園に移籍したいようなことを言っているじゃないか。せめて一人、できれば二人とも残ってもらいたいというのが、理事長の意向でね。あと1年でいいから、残って欲しいと言われている。どうだろうか？」

「あんなのと仕事するぐらいなら、死んだほうがましですな。理事長のばあさんが何をのたまっておいでかなど、私の知ったことでもありませんが、固くお断りです。なし崩しでまた1年、また1年、そうは問屋をおろさせませんよ、私も・・・」

梶川氏は、問答無用とばかりの回答をよこして、初志を貫徹しようとする。

「青山さんにもいろいろ問題があることは、私もわかっている。だが、問題は青山さんじゃなく、このくすのき学園にいる子どもたちだ。よつ葉園は今、男性の児童指導員は二人いるだろう。もう一人は欲しいようだから、経験者のあんたか山崎君のどちらかが行ってやればいいとは思うが、そうすると、うちの指導員が足らなくなる。うちとしては、山崎君もあんたも、立派な戦力じゃ。何とか、ならんか・・・」

「何が立派な戦力ですかな。ゴマなどすって春が来るのは、植木等の歌だけです」

ベンチャラを述べるな！　とばかりの、にべのない言葉を、梶川氏はさらに返していく。

「子どもたちのために、何とか、曲げて、おってやってくれんかな・・・」

「子どもたちのためとか何とか、そういう論点のすりかえは、やめていただきたい！」

ああ言えばこう言う。そんな調子で梶川指導員は、攻めあぐねつつも粘り続ける稲田園長の言葉を、自らその内容に合わせて変えつつ拒否していく。

「あんたと青山さんの間じゃけど、私はなぁ、お互い、食わず嫌いみたいなところがありゃあせんかと、思っとる。今のところ、あんたはこのくすのき学園の児童指導員で、相手は、児童相談所の所長じゃ。それぞれの立場があって、その上での意見の違いが、あんた達の確執のように見える関係の主原因ではないかと、私は思っている。あんたが来年度もうちの児童指導員として勤務するとしよう。青山智正氏は、このくすのき学園の園長、あんたの上司ということになる。お互いの立場が変わるわけだから、そこでまた、これまでとは変わった立ち位置から、ぶつかり合いながらも、お互い、理解し合えるところもありはしないかと、私は思っている。どうじゃろうか?」

そんな程度のことで、梶川氏がひるむはずもない。

「今度は、青二才の若造だましの青春ドラマの出来損ない脚本で御説得ですか・・・」

稲田園長は元小学校長。教え子たちに、さまざまなことわざを使って授業をしてきた。このくすのき学園でも、子どもたちだけでなく、職員らに対しても、ここぞというときにはことわざや名言を使って説得することもしばしばある。

稲田園長は、あることわざを使って、梶川指導員への説得を試みた。

「隣の芝生は、青く見えるものじゃけどなぁ・・・」

梶川氏は、この言葉に即座に反応した。

稲田園長の放った言葉を、まるで戦闘機の撃墜王のごとく、バタバタと自分の言葉で撃ち落としていく。

「ほぉ~、よつ葉園のことですな、隣の芝生とは。そんな手あかまみれの不衛生極まることわざを国鉄の列車の便所からの汚物よろしく垂れ流して説得されても、ま、無駄ですな。園長の教え子の小学生らには通用したか知りませんが、この私にはそんな子どもだましなど通用しませんぞ」

このまま彼と話しても「らちが明かない」と、稲田園長は判断した。

「それでは、数日間、時間をくれますか。その間、あなたの気持ちや考えの変わることもあるかもしれません。そこでまた、お話ししたい。どうでしょうか？」

「では、せいぜい、「百年河清」をお待ちくださいませ。以上、御賢察ください」

梶川氏は、ことわざにはことわざで逆襲に転じた。

「あんたも、手厳しいなぁ・・・」

稲田園長は、その後しばらく、園長室の肘掛椅子に腰かけて、しばらく休んでいた。たった1機に手持ちの戦闘機をすべて撃ち落されたついでに基地まで完膚なきまでに破壊された航空部隊の指揮官のように、66歳の老園長は、とことん疲れ果てていた。


「稲田先生、やはり、だめそうです」

梶川指導員と押し問答をして3日後の昼過ぎ、高齢の女性理事長が訪ねてきた。

「青山君に、私からもお願いしてみましたけど、やっぱり、駄目でした。梶川さんと青山君は、なんて言いますか、不倶戴天の敵とでもいいますか、あそこまでお互い嫌い合っているのを、無理にこのくすのき学園に押しとどめても、どうかと思いましてね。あの子はご存じのとおり、戦前の話になりますけど、うちの夫が幼稚園を開いたときの園児の一人で、まあ、教え子のようなものですから、私も、恩師の顔に免じて、なんとか梶川さんとうまくやって欲しいと申し上げたのですけど、彼とばかりは、どうもと・・・」

「そうですか。それから、よつ葉園の東園長からも、うちに連絡がありましてね」

実はその日の朝、よつ葉園の東園長から稲田園長あてに電話があった。現在在職している男性の児童指導員のうちの1名、谷橋英男指導員が病気のため、近く病院で精密検査を受けなければならないことになったという。ことと次第では、男性指導員が1人しかいない状態になって、これではあまり好ましくない。新年度すぐではなくてもいいが、来年度の早い段階で、梶川指導員に移籍してきて欲しいという話だった。

「仕方ないですね、それなら。梶川さんの退職願、受理してあげてください。先生は今年度で退職されるからいいですけど、青山君と梶川さんでのべつ揉められても、私どもとしても困りますから・・・。ただ、山崎さんに関しては、どうかお願いします」

理事長は、稲田園長に山崎良三指導員の慰留を依頼し、自宅へと戻っていった。


「梶川先生、園長室に来ていただけないか」

数日後の朝、稲田園長は、梶川指導員を園長室に招き入れた。

「先日の退職の件ですが、今年度末日をもっての退職願を受理いたします。5年間にわたり、私もお世話になりました。心からお礼申し上げます」

梶川指導員は稲田園長に礼を言い、足早に立ち去ろうとした。

「ちょっと待ってくれるかな。あなたがよつ葉園に「移籍」されるのは構わんし、先方も歓迎の意を表しておられるからいいが、御存じのとおり、あちらでは来年度より大槻和男君が園長に就任することが内定しておる。それと、児童指導員の谷橋英男君の病気の件も含めていろいろ差障りがあるので、4月からすぐというわけにはいかない。7月末までには体制替えを完全に終わらせて、あなたを副園長格の児童指導員としてお迎えしたいと言っている。それから、8月からの勤務であるとしても、冬の賞与は満額支払うという条件も提示されている。異議など、ないですな」

「もちろん、ありません。その間、ぼちぼち実家の仕事をしておりますので」

「それは構わん。しかしなぁ、よつ葉園は、昨年春に移転して1年目で、相当な混乱があったようじゃ。いろいろ問題点も噴出しておって、最初の理想通りにはどうも行っていない。そう言えば、あんたがくすのき学園に来た時も、私が就任して2年目じゃったな。いよいよ私が、本格的にくすのき学園を改革しようとしていた矢先のことだった。それにしても、あんたは、そういう時期の養護施設に、御縁があるねぇ・・・」

稲田園長が、しんみりと漏らす。彼もまた、この年度末でくすのき学園の園長職を退任することがすでに決まっている。

「わしは先日、あんたに、隣の芝生は青く見えるものだと言った。確かによつ葉園はこのくすのき学園よりも良い職場であり、子どもたちにとっては、いい「家」。さすれば確かに、青い芝生の場所かもしれん。でも、本当にそう言えるかどうか、私には、幾分の疑問もあるのだけどね。園長も、東先生から大槻君に代わるが、大槻君は、指導員時代のままの大槻君でいられるかどうか。まあ、行ってごらんなさい。よくわかるよ」

亀の甲より年の劫。稲田園長は、梶川指導員の行く先が、しっかりと見えていた。彼は遠くない先、これから勤めるよつ葉園も退職し、自らの道を歩む。だが、よつ葉園での経験も、彼にとっては無駄になるまい。ひょっとしたら、自分と同じ立場に彼を招くこともあるかもしれない（それは数年後的中した）。そう思って、梶川氏に声をかけたのだ。

「そういうものですかねぇ・・・」

梶川指導員のつぶやきに、稲田園長は、そっと一言だけ、添えた。

「そういうものだよ、梶川君」

最後のスカウト　１９８２（昭和５７）年2月下旬のある平日　よつ葉園事務室にて

「困ったことになったなぁ・・・」

来年度より園長に就任が決まっている大槻和男主任指導員は、尾沢康男指導員の前でため息をついた。向こうでは、古村事務長と安田事務員が経理事務にいそしんでいる。

「B寮の尾沢君とC寮の谷橋君の二人で、このよつ葉園をうまく回していく予定だったが、どうも、最初に思っとったようにはいかんな」

「そうですねぇ・・・。うちはいいですけど、谷橋君の寮が・・・」

「まあな。男性の職員が少なすぎると、どうもいかん。女性職員が多い職場であることは仕方ないが、あまりにもなぁ・・・」

「特にうちの下のA寮は、保母4人で回していますから、いろいろ問題があります。とくに中高生の男子あたりをきちんと見ていくには、男性職員がどうしても必要ですね。やっぱり、「横割り」にしておくべきだったのかもしれません」

「尾沢君、あんたの唱えた「縦割り」で、家族のような構成で、家庭のような場所を、という考えは確かにいいかもしれんが、正直うちには、時期尚早なのかもしれんな。「横割り」にしてしまえば無難である意味楽じゃけど、ただそれだけという感がせんでもない。「縦割り」の編成も、私は、悪いとは思ってはいないが・・・」

しかし、彼らが直近に抱えている問題というのは、このよつ葉園の寮構成を縦割りにするか、それとも横割りかということではなく、2人しかいない男性指導員の1人、谷橋英男児童指導員の病気が判明し、来年度の運営に支障が生じかけていることだった。

「大槻君、ちょっといいかな」

東園長が、園長室から大槻指導員を呼出した。

「わかりました。すぐ参ります」

大槻指導員は、園長室に入った。そこには、谷橋指導員がいた。

「谷橋君だが、命にはもちろん、別状はまったくない」

東園長の言葉に、大槻指導員はほっとした。

「じゃがなぁ・・・」

問題は、ここからか。大槻氏の悪い予感が的中したことを、東園長は告げた。

「彼の病気は、子どもらに移る可能性があるものじゃ。まあ、うちは医療現場ではないからそういうリスクは低いとは思うが・・・」

「大槻先生、お役に立てず、申し訳ありません」

神妙に詫びる谷橋指導員を、大槻主任指導員はねぎらった。

「まだ辞めると決まったわけでもないだろう。まずは、養生せないかん。話は、それからじゃ。待ったなしの新年度の行事はやっていくが、4月段階では編成替えは行わない。現に去年4月は最低限度の編成替えで、5月の移転に向けたでしょう。あなたの病気が快方に向かってその後も勤めてもらえるに越したことはないが、辞めるにしても、この7月まではいていただきたい。男性指導員だが、去年は2人もいれば何とかなると思っていたが、どうもそうはいかん。特に保母ばかりのA寮は、かなり厳しい状況じゃ。そこで、あんたもご存知の、くすのき学園の梶川君に来ていただくことにした。その点は、内々に話はついている。山崎君も来たいと考えていて、うちもそれはありがたいが、先方も一度に2人も抜けられたら困るから仕方ない。至急求人を出す予定ではあるが、もし、あんたの知人で誰かいるなら紹介してください。お礼はするから」

「わかりました。あたれるところ、私なりにあたってみます」

その日、谷橋指導員は住込みの居室で、大学時代の関係者を一人一人思い出した。彼の大学は、左翼系の団体の影響の強いことで定評がある。彼もまた、学生時代にはその手の青年向けの団体に入っていたことがある。岡山県もしくは近県の出身者で、児童福祉の仕事に適性があって、なおかつ、今から呼んでも問題のなさそうな人・・・。一人、いた。あの団体の仲間に。その夜21時を過ぎてからC寮の外線電話を借り、彼の実家に連絡を取った。本来なら私用で外線電話を使うことはよくないが、人の紹介、ましてよつ葉園の業務に関わる話であるから仕方ない。むしろ、業務の一環である。はたして彼は、実家には帰って来ていないが、A県の下宿先には電話があるとのことで、そこに電話をかけた。彼はそのアパートにいた。遠距離なので長くは話せないが、そんなことは言っていられない。旧交を温めつつも、彼の現状を「聴取」した。幸か不幸か、彼はまだ就職が決まっていない。決まりそうな見込みもない。しかも、単位の関係で、卒業が9月末になるという。

彼は翌朝、東園長と大槻主任指導員に、大学の後輩を紹介した。

「うちの大学の後輩で、この9月に卒業予定の男がいます。昨晩、電話連絡もつきました。今は下宿にいますが、この春、倉敷の実家に戻ってくる予定があるそうです」

「それは都合がいい。今日に今日でもいい。彼の下宿にもう一度電話して、いつ頃なら面接に来られるか、尋ねてもらえないだろうか?」

「早速、今晩にでも尋ねてみます。何でしたら、明日にでも電話させましょうか?」

「いや、学生さんに電話代をかけさせるのは申し訳ない。しかも遠距離だからな。コレクトコールなんてものもあるにはあるが、あまりに手間だ。いったんあんたが電話して、おられるようなら、私がそのまま代わって話す。それなら、話も早かろう」

当時の電話事業を担っていたのは、電電公社こと日本電信電話公社。「三公社五現業」と言われていた

「公社」のうちの一つであった。市内こそ3分間10円だったが、遠距離になればなるほど通話料は高かった。岡山からA県までの通話料ともなると、1分間に数十円はかかっていた。公衆電話にしても、10円玉では間に合わないから100円玉の入れ口もあったほど（しかも、お釣りは出ない）。携帯やスマホの、契約によっては少し余分に費用を出せばナビダイヤル以外の固定電話も携帯も通話料無料という時代ではなかった。そんな時代の遠距離通話は、金銭的には大きな負担であった。

その日の夕方、谷橋指導員は事務所から、彼の下宿に電話をかけた。彼は、すぐに電話口に出た。谷橋指導員が彼を呼出して少し話した後、近くに同席していた大槻次期園長が彼と話した。この電話、時間にして15分ほど。当時の遠距離通話料は高かったが、そんなことを言っていられる場合ではない。よつ葉園にとっては、彼への電話代で何千円かかかっても、職安や大学などに求人を出してあてなく待つ、あるいは殺到した応募者を何とかさばいていく中で採否を決めていくといった時間面・労力面におけるリスクを考えたなら、これは確実なリターンの見込める「投資」であった。しかも、他施設の児童指導員を引き抜くことで生まれかねない同業者同士の「禍根」を作らなくても済む。

2日にわたる遠距離電話で、よつ葉園は「安い投資で確実かつ有用な雇用」を実現できた。

3月中旬、N福祉大学生・中田彦一青年は、履歴書持参でよつ葉園を訪れた。彼は既に運転免許を取得していた。カーナビなどない時代、あらかじめ郵送されていたよつ葉園のパンフレットに記載された地図を頼りに、親が所有しているクルマを運転して、彼は丘の上までやってきた。中田青年にしてみれば、半年遅れで卒業しても、すぐに「新卒」で就職ができる。卒業式は9月だが、試験と卒業式に出向くくらいしか、もう大学に行く用事はない。8月からでも、その気になれば仕事ができる。よつ葉園としても、この年に限っては、新年度から新体制にすぐ移行というわけにはいかない事情を抱えていたから、体制替えを行う予定の7月末までは下手に体制を変えられない。体制が変わった段階で若い男性職員を雇えるのは、実に願ってもないことだった。

その年の春、高齢の東航園長は退任した。かねての予定通り、大槻和男主任指導員が園長に就任した。大槻新園長は、最初の3か月間は、移転後の1年間を検証しつつ、現状をじっくりと見ていた。子どもたちが夏休みに入る前、彼は、「縦割り」で編成されていたＡＢＣ各寮の子どもたちの一斉「寮替え」を実施した。子どもたちにとっては、津島町にあった頃、毎年3月の年度末に行っていた「部屋替え」よりも、建物間の移動が絡む分、大がかりな「移動」を伴った。それに応じて、職員の役割分担も大幅に変えられた。この「寮替え」、かつての「部屋替え」もそうだが、年度末などのキリのいい時期に、退職職員と新任職員の業務の交代もさることながら、特にうまく行っていない子と職員の関係をすべて「清算」し、新たな関係を子どもたちと職員の間で作るために行っていたものである。これが一般家庭ならそうはいかないが、養護施設というところは、その気になればこういう形でうまく行っていない人間関係を処理していくことも可能なのである。

秋色の風の到来とともに丘の上が落着きを取り戻した頃、最後の前期試験を終えた中田彦一青年は、病気療養を理由に退職した谷橋英男指導員に代わり「新卒」でよつ葉園にやってきた。彼は、住込みの居室で子どもたちと共に暮らすことを選び、担当となった中高生の少年たちと、時には取っ組み合いもして、時にはソフトボールなどのスポーツをしながら、彼らとともに「青春」を味わった。彼の就職とともに、くすのき学園を退職してしばらく実家の仕事をしていた梶川弘光指導員も、よつ葉園での勤務を始めた。津島町から郊外の丘の上に全面移転して2年目、移転後の混乱も少しずつ終息しつつあった。よつ葉園の男性児童指導員は、これで3人体制が実現した。

しかしながら、この地に全面移転したとき、子どもたちをそれぞれの寮に割振り、それぞれを一つの「家族」の住む「家庭」にしたいという思いをもって尾沢康男指導員が組立てた体制は、わずか1年で破綻した。

隣の芝生へ 2　１９８５（昭和６０）年1月中旬　くすのき学園応接室にて

「あのなあ、山ちゃん、よつ葉園じゃが、思うとったほどええこともないで」

2年前によつ葉園に移籍した梶川弘光氏が、この春にもよつ葉園に移籍を考えている山崎良三指導員を訪ねてきた。これは別によつ葉園の大槻園長の差し金でもなければ、くすのき学園の青山園長の意をくんだ「慰留工作」でもない。そもそも、青山園長と梶川指導員の反りがまったく合わないがゆえに、梶川指導員はよつ葉園に「移籍」して行ったほどであり、後者の可能性はまずない。それどころか、よつ葉園では昨年半ばに彼らの高校の後輩でもある中田彦一元児童指導員が諸般の事情によって退職しており、再び、男性の児童指導員不足になっていたところだった。この日、青山智正園長は出張でくすのき学園に出勤していない。それを確認したうえで、梶川指導員は山崎指導員に会うべく、よつ葉園から、即金で買った国産高級車に乗ってやってきた次第である。

「大槻さん、やっぱり、外で見るのと中に入って見るのとでは、違うものかな・・・」

「それだけじゃない。問題の大槻じゃが、あの御仁、前は副園長格とはいえ児童指導員で、わしらの同僚でもあり、先輩でもあった。今でも先輩に変わりはないけど、園長になった以上、もはや「同僚」ではない。わしみたいな関東のボンクラ私大出と違って、国立のT商工大出とるあんたならわかると思うけど、立場が変われば、やるべきことも、変わらざるを得ん。それはそれで、仕方ないことかなとは思う。じゃが、なぁ・・・」

「だが、なんだって?」

「前はわしら、このくすのき学園からあの人を見て、大槻さんはすごい先輩やなぁ、思っとったよ、ナ。わしと同学年の高尾君は、大槻と同僚だったから、彼の問題点を相当見抜いておったけど、彼は有能な御仁じゃからそのくらい厳しい見立てをしとるのかと、わしは思っとった。しかし一緒に仕事してみると、やっぱり大槻は・・・」

「大槻さん、やっぱり、園長になってかなり「変質」したかな?」

「本質的にはそうでもないとは思うが、やっぱり違うわなぁ、昔とは。本音でぶつかってくるところは、昔からそうじゃったから、それは、いい意味で変わっとらんけどなぁ、どうも、言動にデリカシーを感じられんところが、少なからずあって、のう・・・」

山崎氏はすでに、退職願を作成して青山園長に提出している。稲田前園長のときに採用され、後任の青山現園長になって3年。どうも、停滞しているように思えてならないこの職場から、早いところ脱出したいという思いが募っていた。しかも悪いことに、このくすのき学園の給与体系はよつ葉園ほどしっかりしておらず、ずっと居続けてみても、昇給はさして見込めない。先駆的な取組でかつてより定評のあったよつ葉園に移籍して、早いところきちんとした給与体系のもとで生活設計できるようにしておかないと、いずれ取返しのつかないことになってしまいかねないという危機感を持っていた。

「山ちゃん、もしできるなら、辞めないでここにおったほうが、いいかも」

なぜ彼は、そんなことを言うのだろうか。前任の稲田園長の慰留をものともせず、断固としてよつ葉園に移籍していった彼らしくもないなと、思う。だが、それほどの彼がそこまで言うのにも、何か、理由があるに違いない。

「大槻は、しかし、ワンマンじゃ、一言で言うて。子どもら、とくに中高生の男子らには、ものすごくのびのびさせとるけど、職員にとっては、あのおっさんの思い通りにならんと気にいらんところがあからさまに出とる。好き嫌いもはっきりしとる御仁じゃ。外から見とったら、正義感あふれる若手のホープみたいに見えとって、確かにそれは今も変わらんところはあるけど、中に入れば、まあ、園長となったこともあるが、ちょっと、ついて行けんところがあり過ぎる。わしも正直、あの御仁には疲れとる・・・」

「はあ、そういうものかな・・・。でも、うちの青山よりは・・・」

「それはさすがに、比べるのも失礼なほどましじゃ。けど、どうもなぁ・・・」

どうも、話の内容が少し本来と違うような気がしてきた山崎氏が、尋ねる。

「梶さん、あんた、大槻さんからわしをここに慰留させろと言われてきたの?」

「いや、そういうつもりはない。くすのきの子らのために、山ちゃんならがんばれることもあるなら、無理に来いとも言えないかなとも、思って、な」

梶川氏は、少しばかり言葉を濁した。

「そんなきれいごとを言いに来たんかな。どうもそうとは思えん節もあるけど、それならそれで、わしも言いたいことを言う。わしも、結婚したばっかりで、子どもも生まれたところだぞ。これから先、家も建てて生計を立てていかねばならん。梶さんは実家に資産があるし人脈もあるから、施設に勤めてもらう給料なんかどっちでもいいかもしれんが、わしゃそんなエエ「御身分」と違うぞ。あんた、よつ葉園の給料体系とこのくすのきの給与体系の差額を、損失補填してくれるのか? もしするなら、考えてもええ」

「それなら、改善を求めて労働組合でも作ったらどうなら」

何だか、押し問答になってきたぞ。まあいいか。山崎氏はさらに畳みかけた。

「アホか梶さん。あんた、左翼の隠れアジテーターかな? そんなこととして、何になりゃあ。協産党筋の労働組合でもあるまいし。それにしても、うちらのG高校の後輩の中田君、同僚の保母と結婚したのはええけど、スキャンダラスな形になって残念だったな。彼はN福祉大の出身だったじゃない、その筋と結託して労働組合でも作ってうまいこと交渉したら、よつ葉園に残れたかもしれんのに・・・」

梶川氏は、勤労党や協産党など左翼筋の言動には一定の理解を示していたが、積極的に支持してはいなかった。それは、山崎氏もまた同じだった。彼は、さらに続けた。

「労働組合を作って青山を引出して団体交渉して給与体系の改善を求める、結構な話かもしれんが、わしはなぁ、しつこいけど、給料で家族を養って行かにゃならん。そんな仲間ごっこをしとるヒマはねえよ。元がとれんどころか、無駄な時間と労力を費やして、青山と喧嘩してハイさようならになるのは、もう目に見えとるわ。アホらしくもねえ」

「仲間ごっこ、か・・・。ああ、それなら、これ、山ちゃんに言っといたほうがいいかもしれん。今年で定年じゃけど、ベテラン保母の山上さんがおろうが。彼女は昔ながらのヒトで、児童を群れさせるような行事を後生大事にしとってなぁ。でも、移転先のうちでは、中舎制に変えたものじゃから、あの婆さんの思うような行事がどんどん少なくなってなぁ、婆さんは随分寂しがっとるけど、中高生はその分皆、のびのびと過ごせるようになった。わしだって、中学生や高校生やったら、あんなヘッポコ行事に付合わされるのなんか、たまらんよ。伸びる子も伸びんわ、ホンマ」

彼らは二人とも、ひたすら群れさせる養護施設の日常生活というものには、内心反感を持っていた。ただ、あまりにそれを表に出すと無駄ないさかいを起こしかねないので、そこは抑えていた。

それは彼らがこの仕事から手を引くまで、基本的に一貫していた。

「ああ、あの山上さん、ね、うちも白井さんがまだおるけど、さすがにそういう行事は減らした。日曜の夜に歌を歌う会とか、アホらしい行事もあったでしょ、あれも、完全に止めた。中高生にもなれば、こんな施設内で群れさせられても、得られるものなんか、何もありゃせん。何が情操教育じゃ、笑わせるなと、わしでも思うもん。それに、稲田さんの頃からその兆候はあったけど、皆、部活だとかなんだとかで、参加できんからな。童謡か何か知らんが、何が悲しくて、そんな子どもだましの歌なんか歌わにゃならん」

「そうそう、うちに、尾沢君がおろう、彼はなぁ、飲むたびに、よつ葉園の子どもらや職員らのつながりを嘆いて、「希薄な人間関係」になりつつあると、かねて言っている。じゃあ、濃厚な、強いきずなの人間関係が、養護施設で、作れるだろうか？　山ちゃんがどう思うか知らんが、わしはそうは思わん。家族をもってだとか何だとか、御大層な理想論をホザいてみたところで、子どもらは施設から出たら、まずは一人で生きていく必要がある。そこは大槻の言う通り。それが現実よ。山上さんは定年後も嘱託で残りたいと言っておるが、大槻は絶対に認めない方針じゃ。尾沢君に期待はしておるけど、彼は、これからの時代に通用していけるのかどうか、大槻はそこを随分、心配しているねぇ・・・」

くすのき学園の子どもたちは学校に行っている時間。まだ誰も帰って来ていない。

「まあでも、山ちゃん、わしが辞めたとき、ここで持つのも3年が限度じゃと言うたこともあるけど、よくまあ3年も持ったな。ここだけの話、わしはよつ葉園もそろそろ辞めるつもりじゃ。尾沢君とあんたがよつ葉園におれる目途が立ったら、辞める。まあ、ここにおるより、山ちゃんもよつ葉園に来た方がええわぁ。所帯も持ったことじゃし、ナ」

「それなら、来年度から、いよいよ、お世話になります。よろしくお願いします」

梶川氏は、ここで一つ、彼に尋ねた。

「ところで、退職願は出したか？」

「昨日、出したばかりですわ」

「あれは、受理したのか?」

梶川氏は、どうやら、「天敵」の名前を述べるのも嫌な気分だったのだろう。

「あのオッサン、受理したよ、あっさりと」

「それなら、よかった。まあ、大槻と話は通じているから、もうそのあたりは、問題一切、ないけどな。じゃあ、待っとるで!」

「了解! じゃあ、また、よつ葉園でお会いしましょう!」

山崎良三指導員は、この年度末をもってくすのき学園を退職し、よつ葉園へと「移籍」し、それから15年、よつ葉園の職員として「今時の」養護施設の子どもたちを見守り、社会へと巣立たせていった。梶川指導員とは、今度はよつ葉園で2年間ともに過ごした。

1984年のクリスマスと、老保母の定年退職
第1部

1984(昭和59)年12月3日(月) よつ葉園事務室にて

岡山市郊外に移転した養護施設よつ葉園では、毎朝のいわゆる「朝礼」の他に、毎月第一月曜日、全職員が出席して職員会議をするのが定例となっている。これはこの地に全面移転する前、よつ葉園がまだ津島町にあったときからの慣例である。

朝9時過ぎ。小学生以上の子どもたちは、すべて学校に出払っている。特に休む必要のある子もいないし、中学校の期末考査はこの週末なので、今日は夕方まで中学生たちも帰って来ない。高校の一部はすでに期末考査に入っているが、彼らを特に面倒を見なければいけないほどのことはないので、その点は、職員としてはあまり気にしなくてもよい。

定例の職員会議に出るべく、管理棟1階の事務室に、職員らが続々と集まってきた。

ただし、給食室からは若い沢本ゆかり栄養士、保育室からは、大ベテランで来年春に定年を迎える山上敬子保母と、30歳になって間もない吉村静香保母のみが出席するにとどまる。この時間にも調理場は昼食の準備に向けて動く必要があり、保育室は乳幼児らの世話をしないといけない。そのような理由があって、すべての職員を参加させるわけにはいかないので、代表で栄養士とベテラン保母のみ出席することが慣例になっている。

年末年始は、児童の入退所、つまりよつ葉園に入ってくる子も、「卒業」や親族に引取られる等の理由で去っていく子も、それほどいない。その代わり、年末年始の対応についての議論が多くなる。今月の職員会議の議題の中心は、年末一番の軸となる行事のことである。それは、クリスマス会。もちろんその他にも、大掃除、餅つき、正月をこのよつ葉園という場所で迎える子どもたちのための「正月の家」などのさまざまな行事があるのだが、一番重要性の高い行事は、この「クリスマス会」である。年末年始は、親や親族のいる子どもらには「帰省」する者も少なからずいるし、当時中3のZ少年のように「短期里親制度」を利用して、夏休みや冬休み、それに春休みなどの一時期だけ「里親」に預けられる子もいる。職員たちも交代で休みをとる。それに引換えクリスマスというのは、時期的にも、この施設に過ごすべての子どもたちと職員たちが関わる可能性が高い。重要度という点においては、正月よりもむしろこちらのほうがある意味高い。

職員が揃ったので、大槻和男園長は職員会議を開始した。

最初の確認事項は、来る12月X日のよつ葉園創立記念日。それを祝って、戦前からこの日には、すき焼きを食べるという行事がある。その起源は、創立時の園長か誰かの好きな「御馳走」だったからであろうと言われている。終戦直後の物資のない時代、岡山くらいの田舎街でさえも、戦災孤児はそれなりにいた。なかには、都会から流れてきた子たちもいた。そんな時代、せめて1年に1日ぐらいはいいものを食べさせてやりたいという思いで、この創立記念日のすき焼きを食べる風習は始まった。これは津島町の時代から現在に至るまで、途切れることなく続いている。今年は、次の8日の土曜日の夕方に実施されることが決まっている。

それでは、今年の年末年始の諸行事の実施についての議題に移ります。まずはクリスマス会から。いつも申上げておるが、私は、こんな行事をする必要などないと考えております。うちが例えば、めぐみ育児院さんや天神子どもの家さんのようなキリスト教を母体として設立された養護施設であれば、設立母体であるキリスト教の祝祭であるから、行う必要もあるでしょう。しかしながら、わがよつ葉園は、宗教を母体として設立された施設ではありません。クリスチャンの方にとっては重要な日ですから、教会に行くなり自宅で祈りを捧げられるなり、きちんと神に向き合うべきでしょうが、クリスチャンでもない者がクリスマスと称して、騒ぐべくして騒ぐ風潮に、このよつ葉園がのっかっていく必要など、あるとは到底思えません。

こんなもの、商売人が何かにかこつけて儲けるだけの話です。これが正月を超すための餅つきとか、年越しそばとか、まあ、お年玉とか、そういうことならまだ、日本の文化に基づいたもので、話も分かりますが、そもそも、文化も根本的に異なる外国の宗教の、布教に際して異教徒を改宗させるための手段として、どこかの民族の神の誕生日を祝うものを、キリストの誕生日を祝うものにすり替えて西洋で何百年来行われてきた祭りの片棒など、担ぐ必要もないはずです。それで毎年何をやっているのかと言えば、終戦後のどこかの外地の捕虜収容所の娯楽会よろしく、キリスト教とは何の関係もないその場限りの出し物会に始まり、とどのつまりはいかにもそれという食事とケーキを出して食べて、あとはプレゼントとやらを与える。こんなことをして何の社会性が身につくことがありますか。馬鹿馬鹿しい。クリスマス会をするなとは言いませんが、もう少し、意義ある行事を創意工夫して実施したほうが、よほど、子どもたちの社会性の涵養にもつながろうというものです。

いいですか、よつ葉園の子どもたち人生はねぇ、このよつ葉園で終わるのではありません。ここを出てから先の人生のほうが、はるかに長いのです。

どうかそのことを念頭に置いて、皆さんのご意見をお聞きしたい。

今年もまた、クリスマス会の時期が来た。大槻園長は、いつものように一席、自らの思うところを率直に述べた。かく言う彼自身も、自分の主張通りのことになるとはハナから思っていない。とにかく、このくらい言っておかないと自分自身の収まらない何かがあるから述べているだけのこと。さて、この大槻園長の正面切った「演説」に対して、毎年必ず、クリスマス会をする意義を正面からいつも述べている職員が、一人いた。大槻園長より二回り近く年上の山上敬子保母だった。彼女は、大槻園長相手に持論を展開した。

確かに、クリスマスというのは大槻園長のおっしゃる通り、もともとはキリスト教のお祭りです。しかしながら、クリスマスというお祭りは、今では、人々の宗教を問わず、世界中の子どもたちにとって、ひとつの楽しみの日となっているのです。一般家庭で育っている子どもたちは、各家庭で、クリスマスの日にサンタさんになった大人の誰かから、プレゼントをもらうことを楽しみにしています。そして、うちで、あるいはどこかのレストランで、ちょっとした御馳走を食べることを、楽しみにしています。そんな楽しみを、このよつ葉園にいる子どもたちにも与えてあげるべきです。

ただ御馳走を食べてプレゼントをもらってだけじゃなく、みんなで何かを成し遂げる、そんな機会を、その前の出し物会で披露しあうことで、職員と児童がともに楽しむ。このよつ葉園という大きな家に住む親兄弟みんなで、クリスマスという楽しい日を過ごした思い出は、子どもたちにとって一生の宝物になるはずです。確かにですね、クリスマス会は毎年、その日限り、その場限りのものかもしれません。ですけど、このような楽しい日の思い出は、子どもたちが大人になった後も、ずっと、残るものです。そして、このよつ葉園で経験した楽しいクリスマスを、いつか、自分の家庭で、子どもたちのためにしてやるようになるのです。例年通り、クリスマス会を行うべきだと思います。もちろん、出し物会は、例年以上に楽しい催しにしたいと考えています。

若い職員たちは、大槻園長と山上保母の言い争いに、毎年この時期になると付合わされるのが常だった。今年もまた、恒例の「そもそも論」合戦。若い女性職員も、彼女たちよりはいくらか年上の男性の児童指導員たちも、半分呆れながら聞いている。

先程ご紹介した大槻氏の弁は、氏が園長になる前、彼が1968（昭和43）年4月にこのよつ葉園に就職してからこの方、毎年のように主張してきたことである。かつての上司らは、彼のそういった「元気な発言」を大いに買っていたと同時に、いささか「危なっかしさ」のようなものも感じていた。大槻氏が指導員として勤めていた間の園長はどちらも男性だったが、山上保母ほど彼の言動を嫌っていたわけでもなかった。

大槻君、あんたの言うとることは確かに鋭い。わしも、聞いていてなるほど、惚れ惚れするほどだった。社会風刺とすれば、あんたのあの発言は、間違いなく玄人やインテリをうならせるだけのものを持っておる。あの大宮の哲郎君なんかが聞いたら、大槻君はなかなかな人物だと感心もしてくれよう。大槻君は、どんな道に進んでも、これから先、時代を先取りした何かを成し遂げていくだけの力を持っている。そこにわしは、心底期待しとるが、その足元は、あんたの思うとるところをそのまま実現できる土壌ではない。そこをきちんと意識してやらんといかん。これは何も、よつ葉園という養護施設の仕事だけじゃない。将来君がどんな事業を興すにしても、そのことを忘れてはならん。

それから、山上先生は、あんたの今月初めの職員会議の話しぶりを聞いて、大槻君は、こういう子ども向けの仕事に、本当は向いてないのかもしれませんなんて、言っておったぞ。わしは必ずしもそうは思っておらんが、ご覧のとおりここは女性が多いし、しかも子ども相手の場所じゃ。あんたは女にもてるクチじゃけど、それでも、ああいうことを常日頃から言っておると、ニヒルで無頼な男というよりは、単に屁理屈を述べとるひねくれ者としか思われんのがオチじゃ、少しは自重しなさいよ・・・。

彼をよつ葉園に就職させた森川一郎元園長は、彼が勤め始めた年の末、彼を園長室に呼び出して、やんわりと説諭した。山上保母のそのときの危惧＝大槻指導員は子ども向けの仕事が本質的に向いていない、という点については、その後の彼の活躍ぶりを見る限り、杞憂に終わっていた。彼はその頃からすでに、子どもたちとよく遊び、よく学び、森川園長にあてがわれた職員宿舎で寝起きし、必死で子どもたちと向き合っていた。結婚して子どもができても、それが変わるどころか、むしろそれに磨きがかかっていた。

そんな大槻和男児童指導員、３７歳にして養護施設よつ葉園の園長になった。その若さで園長に就任したのは、彼が初めてだった。それまでの園長は、創始者の古京友三郎氏に始まり、森川一郎氏、そして東航氏と、他の職業を持ちつつ、あるいは定年などを理由にこのよつ葉園に来てからの人たちで、就任時すでに高齢の人ばかりだった。それはもちろん、働き盛りの世代の男性を充てるだけの人件費がないからということが一番の理由だった。しかしよつ葉園では、大槻氏が大学を出て就職する少し前から、職員の待遇を大幅に改善し、男性職員が長期間勤められる給与体系を作った。彼が園長に若くしてなれたのはその給与体系のおかげでもあるが、何より、情熱的に時代を先取りするかのように養護施設という場所を改革していく、言うならば「青年将校」のような職員であったことが大きい。彼の姿は、岡山県を中心とした近隣県の彼を知る同業者の職員たち、とりわけ彼より年下の多くの後輩児童指導員たちから、あこがれの目で見られていた。大槻指導員は、福祉関係者に多い閉鎖的・偽善的な思考や手法を嫌っていた。この世界に入ると、どうしてもそうなりがちなものだが、彼はそんな「悪弊」には、一切、染まることはなかった。

終戦後の民法第4編ないし第5編の家族法が改正されてすでに30年近くが経過していたが、まだまだ戦前からの「家制度」を背景にした意識が人々の間に根強く残っていた頃のこと。養護施設出身者であるが故の結婚などにおける差障りが見られた時代。それは養護施設だけでなく、さまざまな局面や関係性において見受けられたことではある。もっとも、その頃の大学進学率は、全国でもようやく3割に達したかどうかの時代だった。

高校進学に力を入れてきたよつ葉園においてさえ、大学進学者はまだ一人も現れていない。大槻氏はそれを実現したいと強く願っていたのだが、肝心の職員たちは、目の前のことをこなしていくのに精一杯なだけ。

彼（彼女）らは言う。施設を出て一人暮らしをするのは寂しいもの。結婚して家庭を持てば、寂しくなくなり、温かい家庭ができる。大層結構な話ではあるが、それ以前の問題として、本人がきちんと自立・自活できることが前提であり、さらにその前提として、社会においてしかるべき立ち位置を確立できていなければならない。白雪姫のアイドルの歌よろしく、一人じゃないって素敵なことかどうか知らないが、ごまかしているという認識がなく、善意から言っているだけに性質が悪い。そこできちんとした方法論を述べられるかといえば、そんなこともできやしない。

養護施設の子らが自立し切れない理由は、大槻氏の弁によれば、このとおり。

「現実に対処できない情緒論ばかりを述べて「社会性」をきちんと育めていないない！」

その最大の「戦犯」は、「人間としてよければ〜」という仮定法の出来損ないの構文（そう言う彼だが、高校時代、英語はそれほど得意ではなかったし、仮定法も苦手だったそうだが・・・）を盾に旧態依然たる指導を今も続けているこの業界の先人たちと、どうせ勤めても数年、その間だけは、例年通りのことをやって過ごしていればいいという横着な考えの若い職員たちである！

彼が園長となってこの方、「旧態依然たる勢力」、その代表と自他ともに認識されている山上敬子という名のベテラン保母との職業観、世界観、そして何よりよつ葉園の子どもたちに対する姿勢における対立の溝は、深まるばかりであった。彼女は、来年春をもって55歳を迎えた年度の年度末、いよいよ定年となる。それを見越し、大槻園長は次の手を考えていた。


ま、これも今年までだな・・・。

彼は、そんな思いを持ちつつ、例年以上にクリスマスに対する反感を込めて、発言していた。

私は、クリスマス会を実施することには、反対はしません。個人的には、別にクリスチャンでも何でもありませんから、クリスマスに反感もなければ、特に好感もない。

例年同様、クリスマス会を実施するという方向でやっていけばいいと思いますけどな。

梶川弘光児童指導員はそう発言した。彼はくすのき学園で児童指導員を5年間にわたって務めたが、その頃から当時よつ葉園の主任児童指導員だった大槻氏とは面識があった。新園長になる人物との反りが合わないことがきっかけで、2年前に「移籍」して、このよつ葉園に勤めている。彼は、絵に描いただけの理想論や観念論が、死ぬほど嫌いな人間である。何も女性職員や年少児童らの反感や残念感を買ってまで意地でもやらせないとも言わないが、子どもたち全体の大きな負担になるようであれば、クリスマス会だろうが何だろうが、やることはない。彼の考えるのは、おおむねそういうところだった。

梶川先生のおっしゃるところと同意見です。例年やっている行事ですし、こういう行事をこのよつ葉園という施設で行うことで、子どもたち同士のつながりを改めて作り直していくという効果が期待できます。クリスマス会は、よほど用事のできた高校生でもない限り、ほぼ全員が参加可能ですから、一年間のもっとも重要な行事として改めて位置付けして、今年はもとより、来年以降も継続していけばいいと、私は考えております。

梶川指導員に代わって、彼より3学年下の尾沢康男指導員も補足的に意見を述べた。彼は兵庫県西部出身。男兄弟二人の弟で、兄が実家と家業を継ぐ代わりに、彼は大学に行かせてもらった。彼はそれほど勉強が得意でもなかったが、子どもの頃から通っていた剣道だけは続けていた。岡山のO文理大学に現役で入学し、剣道部で活躍した。彼の生真面目さは剣道によって磨かれていたが、たまにちょっとふざけたことを言ったつもりが、その加減が少しずれているためか、相手の反感を買ってしまうこともあった。そんな彼の発言には、梶川氏とは幾分温度差もみられる。そんな尾沢氏、新卒でよつ葉園に勤め始めてこの方、クリスマス会に限らずこの手の行事に熱心に取組む人物であると思われていた。

「子どもたちにとって、楽しみの一つですから、例年通りやるべきです」

「確かに、中高生の男子には、この手の行事に冷めたところといいますか、しらけ切ったところが見られるのは確かですけど、実際にクリスマス会に限らず、その手の行事をしてみれば、それなりに楽しんでいるように思われますし、逆に、彼らがしらけ切っているからという理由で、幼児や小学校低学年の児童らの楽しみを削ぐのは、ひどすぎます」

保母たちは、一斉にクリスマス会をすべきであるという意見を述べ始めた。そんなものをしなくてもいい、ましてするなという意見を述べる者は誰一人いない。彼女たちはおおむね、子ども好きでこの仕事に就いているところがあるから、無理もなかろう。

彼女たちの意見もおおむね出そろったので、大槻園長が、この議題をまとめた。

「クリスマス会は、今年度も、例年通り実施することにします。日取りですが、今月25日の火曜日、クリスマスの当日で、よろしいか?」

特に反対もなく、よつ葉園のクリスマス会は、クリスマス当日の実施が決定した。出し物をするグループ分けなどの詳細については、毎日行われる朝礼で随時決めていくことにした。その後は、年末年始の大雑把な日程を協議するなかで、正月前後の職員らの休暇についてのすり合わせも行った。よつ葉園の職員会議は、時として長くなることがある。それぞれが熱心に意見を言い合う日も多いのだが、それが低調な時もないわけではない。そんな時はどうしても、大槻園長か山上保母の独演会のようになってしまうこともしばしばあった。だが、この日の会議は最初の大槻園長と山上保母の「論戦」のようなものを除き、淡々と進んだ。次回は、同月28日金曜日の朝から、朝礼とともに仕事納めを兼ねた職員会議を改めて開くことになった。

第2部

1984（昭和59）年12月25日　よつ葉園集会室にて

岡山市内の小中学校の終業式は、例年12月24日。言うまでもなく、クリスマスイブの日。小中学校とも昼前に学校の行事はすべて終わる。昼前ともなれば、ほとんどの子がよつ葉園に帰ってくる。昼食を終えた13時過ぎから、大槻和男園長は園長室に入り、子どもたちが通知表をもって報告に来るのを待つ。小学生以上の子どもたちが、続々と園長室に報告に来て、終業式で担任の先生から貰った通知表を見せる。彼は、児童らの学校での様子を通知表に書かれた成績や担任教師のコメントなどを通して把握した上で、自ら個々の子どもたち＝各児童らの情報を把握していく。

子どもたちの社会性を高め、世に有意な人材をこの地から送り出すことに全力を注いでいる彼としては、ここは絶対に、他人任せにはできない仕事なのである。かくして、全国の地方自治体の首長や議員団が東京の有力国会議員の自宅前に門前市をなしているかのような光景が、管理棟の事務室の横の廊下に展開される。大槻園長は園長室を訪れる子どもたち一人ひとりの持ってきた通知表を手に取って目を通し、かれこれ雑談しつつ情報を把握し、通知表を預かる。これは年明けの始業式の日に担当職員を通じて子どもたちに手渡し、学校に持って行かせる。時間が過ぎていくにつれ、行列は短くなる。

一通り終わると、彼は、事務所から職員宿舎に戻る。自宅で彼の妻子とともにクリスマスを一足先に祝うため、というわけでもない。それにかこつけて、まあ、酒を飲んで旨いものを食べて、といったところ。明日はよつ葉園の行事なので、家族のための「クリスマス」は、今日のうちにやっておこうというわけである。夕方になり、すべての入所児童が帰ってきた。保育室で保育をしている小さい子たちはともかく、小学生以上の子どもたちがクリスマス会の出し物の「練習」をするのは、この夕方から夜にかけての時間。クリスマス会の日程が決まって、おおむね3週間、何をするかはすでにみんな決めてあり、練習もそれなりに行ってきた。いよいよ明日の「本番」に向けて、それぞれのグループごとに、それぞれの寮で、最後の練習に励んでいた。21時になると、夕礼と言って、各寮の職員らの打合せを行うことになっている。特に問題は起こっていないことが確認された。

いよいよ、クリスマス当日。12月25日。街中では、クリスマス商戦真っ盛り。クリスマスツリーが飾られ、商店街のアーケードにもそれに応じた飾りつけがされ、店によっては、サンタクロースに扮装した店員がセールスにいそしむ。クリスマスケーキを予約していない客たちは、ここぞとばかりに店に行き、買込む。少しでも時間が遅くなれば、その分、値引きや割引をする店舗も出てくる。なかには、それを狙っている客もいる。

養護施設よつ葉園は、そんな世間の喧騒から離れた郊外の丘の上にある。ここでも、クリスマスという行事はしっかりと根付いている。大槻和男園長やZ少年のように、この「祭り」に冷めた見方をしている人物もいないではないが、大抵の子どもたちと若い女性職員らは、この雰囲気に、心なしかほろ酔い気分のような気持ちで、この日を迎えている。

14時。いよいよ、クリスマス会が始まった。最初は、「園長先生のご挨拶」。大槻園長が、子どもたちの前で開会のあいさつをする。山上保母は、窓側に他の職員らとともに並んで、微笑をたたえつつ、自分よりはるかに若い園長のことばを聞いた。

出し物会は、順調に進んだ。歌を歌うグループもあれば、寸劇をするグループもある。いよいよ、最後の出し物。中高生男子たちの芸が始まった。まずは高校生男子たちが、芸を披露。昨年はなぜか「決闘」をこの舞台で披露してひんしゅくを買ったのだが、今年はそんな出し物はしない。そしていよいよ、中学生らによる出し物が始まった。彼らはテレビ番組をベースにした演劇というか、出し物をすることが多い。それだけ、テレビの影響力が大きいことの表れである。歌にしても、ベテラン保母が昔から子どもたちに歌わせてきた歌など歌わない。もちろん、ありきたりの芸などするわけもない。今年はやっぱり、歌番組ベースの出し物。2年前も、同じような出し物を中高生男子らで行っていた。彼らが歌うのは案の定、最近テレビで観て聴く流行曲ばかり。

しかし、今年は少し違った。彼らの出し物、最後に何と、よつ葉園の園歌を歌うというではないか。近年の傾向を苦々しく思っている山上保母も、これには感心した。

テレビのない昔のクリスマス会を見るような懐かしさがこみあげてくる。

そう、彼女がまだ若く独身だったころ。新橋姓だった昭和20年代は、娯楽が本当に少なかった。彼女は、それほど年の離れていない子どもたちとともに、寄付されたオルガンを弾きながら、童謡などとともにこのよつ葉園歌を、集会室で行事のたびに歌っていた。

しかも、今回の出し物では、彼らを担当している新卒1年目の前川保母も一緒に歌うという。司会役のZ少年の紹介を受けて、彼らは舞台の前に並び、振付で歌い始めた。伴奏はないが、それはそれ。山上保母は、彼らの歌声に合わせて、一緒に、よつ葉園の園歌を歌った。これが「最後のクリスマス会」になるのかもしれないと思うと、何だか、自分のしてきたことが認められたような気持ちになった。


前川喜子保母は、中3の宮木正男ら中学生男子4人を2人ずつ左右に据えてその真ん中の位置で舞台に立ち、元気よく笑顔で、数日間共に練習した踊りを見せつつ、この「よつ葉園歌」を歌った。

「しげれよ　しげれよ　〜」

この歌詞に差しかかったとき、彼女と男子児童らは、片腕をあげて腕の脇を客席に向け、もう片手でわきの下を指して、そこで五本の指を「もそもそ」とするポーズを、笑顔で披露した。最初の「しげれよ」と、次の「しげれよ」で、上げる手と「もそもそ」する手が替る。そこはゆっくりと歌い、「もそもそ」をしっかり披露。それはこの手の芸の基本中の基本。どこかのハワイをモデルにした温泉街が観光客を歓迎して披露するフラダンスでも見るかのようだ。爆笑とも失笑ともつかぬ笑いが会場内に沸き起こる。よつ葉園という「内輪」だけなら、十二分に笑いの取れる「芸」だ。

その年の「クリスマス会」としては、これがズバリ、「トリ」に位置する出し物。今年の「出し物会」は、これで終わりとなった。

「もそもそ」の笑いに包まれた集会室には、小休憩の間に、テーブルといす、そして料理が並べられていった。かくして、毎年恒例のクリスマスの「会食」が始まる。

テーブルには、いかにもクリスマスというべき料理と飲み物が並んだ。

コーンスープに、骨付きの鶏肉、付合わせの温野菜、茶碗ではなく小皿に盛られた「ライス」、そしてケーキにシャンメリーという名のワインによく似た炭酸飲料・・・。だが、料理の割にはフォークとナイフがあるわけでもなく、スープのための小型スプーンとケーキ用の小型フォーク、それに何と、割箸が添えられている。ともあれ、子どもたちと職員たちは、それぞれの席につくのだが、この「御馳走」にありつけるのには、さすがに、もう少し時間がかかる。この手の「行事」ではどこでも恒例の「主催者挨拶」、ここでは「園長先生のお話」が始まった。彼としてはこの会に思うところもあるが、ここでは仕事としてそれなりの話をすませ、会食とさせる。大槻園長は、この会で必ず使われる「ハシ」に、内心違和感を持ち続けていた。この頃のよつ葉園の食器には、洋食用のフォークやナイフはなかった。普段使う木製の箸はあるが、クリスマス会のような行事には、給食室の業務負担を極力減らすために、割箸を使っていたのである。もっとも、自宅では朝のパン食を常としている大槻氏は、この前日にフォークとナイフを使っての食事＝テーブルマナーを、元同僚の妻とともに、息子たちにしっかりと教える機会にしていた。後にＯ国立大学に進んだＺ氏や米河氏もまた、この行事食の食卓には、思うところがあったという。

第3部　1984（昭和59）年12月28日（金）　よつ葉園事務室にて

　翌26日は朝から大掃除、その翌27日は昼から餅つき大会と、よつ葉園では少しずつ正月に向けての準備が進んでいた。そして28日。この日は、朝から職員会議が行われた。昨年から、仕事納めを兼ねた「職員会議」を、その月の第1月曜日（1月のみ、年によっては第2月曜日）とは別に行うことにしている。年末年始に向けての準備を促すとともに、クリスマス会をはじめとする年末の行事の反省会を兼ねたものである。日曜日を除く毎日行われる朝礼同様、この職員会議も、9時15分から始まった。まず、年末年始に向けての日程の調整が議題とされ、職員たちの休暇日程の最終調整が行われた。今年はあっさりと終わった。

　次に、この数日間続いている恒例行事の反省会が行われる。議論は淡々と進み、おおよそ1時間半もすれば、この日の議題はおおむね出尽くした。

「最後に、先日行われたクリスマス会の総括と反省会を簡単に行いたい。御意見のある先生は挙手の上、皆さんの前で述べてください」

　何人かの保母が早速挙手し、それぞれに意見を述べていった。彼女たちの間からは、特に問題があったという意見は出なかった。数人が述べた後、少し間があいた。

「それでは、こちらから指名しますので、これまでご意見を述べられていない先生は、それぞれ、感想程度でも結構なので、何なり述べてください」

　大槻園長が、まだ発言していない保母らに意見を促した。指名された彼女たちは、次々と、思うところを述べていった。出し物の反省を述べる者もいれば、全体的に楽しめてよかったのではないかという趣旨の意見を述べた者もいた。山上保母を除き、最後に意見を求められたのは、1年目の前川喜子保母だった。彼女は、淡々と感想を述べた。

その弁を聞いた大槻園長、何か感じるものはあったが、穏やかな顔つきで頷いた。

私は、出し物会の最後に、担当の子を含めた中学生男子4人と一緒に、よつ葉園歌を、踊りを付けて歌いました。練習時間はそれほどありませんでしたし、踊りのほうも、もう一つだとは思っておりますが、彼らと一緒に楽しく踊って、子どもたちにも職員の皆さん方にも楽しんでいただけたのではないかと思います。中学生や高校生の男子児童は、全般的にこのような行事には冷淡というか、冷めたところがあるようにも思いましたが、ふたを開けてみると、みんなそれなりに楽しめていたようで、よかったと思っています。

このよつ葉園に来てまだ1年経ちませんが、いい思い出ができました。

「ちょっと、よろしいですか？」

「山上先生、どうされましたか？　まあ、どうぞ」

大槻園長は少し戸惑いながら、それまで黙っていた彼女の発言を許した。彼は、嫌な予感を感じてはいたが、これも今年、今回までの辛抱だな、そんな思いも併せ持っていた。彼女の声が、少しずつ、怒りに震えているのが伝わってくる。一体彼女は何を怒っているのかという顔で、４０歳前の若い園長は

50代のベテラン保母の顔を見上げた。それまで淡々と進んでいたこの会議、最後の最後に、少しばかり波風が立ち始めた。他の職員たちも一斉に、立ち上がった山上保母の顔を見上げた。玄関口近くの事務机で事務を執りながら様子を見ている古村武志事務長も、何が起こったのかという顔で彼女の言動に注目し始めた。大槻園長に促され、山上保母が、早速、自らの思いをまくしたて始めた。

確かに、どの出し物も、しっかりと工夫されていて、観ている方としても、楽しむことができました。しかしひとつだけ、私としては見過ごせないことがありました。

最後の、中学生の男子児童5名と前川先生の出し物で司会役のZ君を除く中高生男子4人と前川先生が歌われた、よつ葉園の園歌です。その三番の最後に、「しげれよ　しげれよ　～」という一節がありますよね。あの歌詞のところで、前川先生を真ん中にして、中学生男子が4人の合計5人で、へらへらと笑いながら手を挙げてわきを示して、反対の手でもぞもぞして、左腕のわき毛がしげれよ、今度は、右腕のわき毛がしげれよ・・・。そんな踊りをされましたよね。長年このよつ葉園でクリスマス会をやってきて、あれほど品のない芸はありませんでした。確か、去年のクリスマス会でもありましたね。高校生の男子児童二人が舞台で決闘よろしく喧嘩をするという、およそ芸とも言えない芸を見せつけて失笑をとっていましたけど。クリスマスも何もあったものではありません。

今年の「しげれよ」の踊りは、あの決闘さえ比較にもならないほど、下品以外の何物でもありません。何と言っても、童謡の「七つの子」という名曲を、よりにもよって、カラスの勝手でしょ、なんて歌うような時代ですから。本当に、世も末です。でもまあ、テレビ番組が何をやろうとこの際いいですが、このよつ葉園では、そんな下品なものを芸として笑いのネタにするような真似は、やめてもらいたいものです。

彼らも彼らなら、前川先生も前川先生です。まだ若くて、担当の子らとも年齢が近いですから、笑いについても同じような感覚をお持ちなのでしょうけど、職責を十分弁えていれば、よつ葉園の園歌を侮辱した下品な「芸」など、人前で披露できないはずです。どなたも、この件を問題にされていないのは、一体、どういうことですか？

由々しき事態であるという意識は、先生方にはないのですか？

このことを、先生方には、大いに議論していただきたいと思っています。


他の保母や児童指導員たちは、黙って彼女の弁を聞いていた。全体としては淡々としゃべっているように見えなくもないが、それでも、彼女はよほど興奮しているのか、しゃべるほどに、何だか、かつての学生運動家の女子大生の檄文演説でも聞いているかのような気分になる男性職員もいた。彼女の「檄文演説」の刃に乗せられてしまった前川保母は、親より年上の山上保母の「説教」を黙って聞いているのだが、さすがに、あの日のような「笑顔」などあるはずもない。このように述べる限り、この施設の職員の最年少でもある前川保母は、一見針のむしろに座らされているような状況である。

現に彼女は、神妙な顔つきで山上保母の話を少しうつむき加減で聞いていた。

「それでは、どなたか、山上先生のご意見に対し、何か言いたいことはありますか？」

大槻園長の言葉を継いで最初に意見を述べたのは、尾沢康男指導員だった。

前川先生のあの「芸」ですが、私が見ても、正直、お世辞にも品があるものとは言えませんでした。それから、山上先生が例として出された、昨年の丸田と長沢でしたっけ、目隠しして決闘をして、いよいよ本気になって、彼らより1歳上の寺元が、もうやめろ！　というまで、殴り合いというか取っ組み合いというか、あの芸とも言えない出し物ですけれども、さすがにあれには、私もあきれ果てました。それから比べれば、確かに、よつ葉園の園歌の歌詞を侮辱しているというとり方もできなくはないでしょうが、侮辱までの意図はなかろうし、茶化す程度ではあるものの、悪意があるとまでは言えませんね。

彼は大学を出てすぐに就職して6年目。生真面目な人物だが、その人物像とは裏腹に、その程度のことでいちいち目くじらなんか立てなさんなとの意見。彼は幼少時より剣道をしているだけあって、自らの中高生時代に一世を風靡した青春ドラマのあの俳優の若い頃の演技をほうふつさせるかのごとく、彼なりの思うところを正面切って述べてきた。

続いて、彼より少し年長の梶川弘光指導員も、彼とは親子ほど離れた山上保母の弁に一定の理解を示しつつも、自分よりはるかに若い前川保母を弁護する。

私も、尾沢君のおっしゃる通りでおおむね同感です。もちろん私とて、あの「駄芸」、ですか、感心はできない。去年の丸田と長沢の決闘と、馬鹿さ加減ではええ勝負ですな。よい子のみんなはこんなことはしてはダメですとか寺元が言ってさらに失笑を買っておりましたけど。あんな駄芸でクリスマスを祝う必然性があるのかと言われたら、確かに、ないですわ。去年のあの決闘芸に続いて、今年の「しげれよ」の踊りと、C寮を統括している児童指導員としては、この件には責任を感じており、反省すべきところは反省すべきであると思っております。

とはいえ、彼らも楽しみでやったことですし、そこまで前川さんを責めることもないでしょう。彼女にも児童諸君に対しても、私からきちんと指導しますので、その件については、不問にしていただきたいと思っておる次第です。

「私も、前川先生のあの芸については、不問でよいかと思います」

改めて尾沢指導員も一言。男性指導員2人とも、前川保母と男子中学生らの「芸」に問題視などしていないことは、誰の目にも明らかだった。

「古村先生、どう思われます？」

梶川指導員が、事務を執りながらも聞き耳を立てている古村事務長に話を振った。

私は当日、出し物を見たわけではありませんので何とも言えませんが、先程からお聞きする限りでは、取り立てて問題にするほどのことには思えませんね。そもそも芸というものには、そこに100人いたとして、100人が笑って喜べるものなどないでしょう。このよつ葉園のクリスマス会という内輪の集まりでの芸で、そこまで問題視するほどのものとは私にも思えません。確かに前川先生らの出し物には、いくばくかの問題があったかもしれませんが、話を聞く限りにおいては、その程度のことでやれ園歌への侮辱だの、なんだのと、声高に物言いをつけるのも、いかがなものでしょうかね。

古村事務長の意見は、第三者の視点が強く入っているものだった。

山上保母の「物言い」に賛意を示すような意見は、彼ら男性職員を筆頭に、誰からも出なかった。若い保母たちもまた、彼女の旧態依然とした養護施設像には辟易していた。そんな彼女たちが、山上保母の意見を積極的に支持するはずもない。前川保母は針のむしろにでもいたのかといえば、どうやら、そうでもなかったようである。

それを言うなら、針のむしろにいたのは、むしろ、山上保母のほうだった。

「大槻園長、おいかがでしょうか」

山上保母はいささか不満そうに、二回り近く若い大槻和男園長に話を振った。平静を装いつつ山上保母の「御高説」に続く職員らの弁を聞いた彼は、淡々と自説を述べた。

先のクリスマス会の出し物会で、「しげれよしげれよ～」の歌詞を茶化した芸に乗せて歌うという、山上先生が問題にされている出し物、私も観ていたが、正直、苦笑するよりないシロモノで、レベルが低いことこの上、いや、この下ないほどのものでした。もちろん、他人や他の団体や組織などに対して、あんな芸を披露するのは厳に慎むべきです。しかし問題の芸は、ただただ、よつ葉園という内輪だけで面白おかしく演じただけのものであることは明らかですから、いちいち目くじらを立てることもないでしょう。あれを楽しめた人もいれば、下品さを感じた人もいる。古村さんも先程おっしゃったが、芸とは本来、そういう性質のものです。私に言わせれば、あれはお世辞にも「風刺」どころかお笑い芸にもなっていないが、まあ、我々が酒を飲んで楽しみでやる宴会芸程度のものです。そんなものは所詮、うまく行けばバカ受け、下手すれば失笑で終わる。良くも悪くもその場限りのもの。テレビを観てごらんなさい。そんな芸ばかりじゃないですか。いくら我々がこういう芸が素晴らしいと言ってみたところで、子どもであれ大人であれ、面白くもないものは面白くないだけの話です。そのことを、先日のクリスマス会を通して児童らや職員各位が意識できたのであれば、今年クリスマス会を開いた意義は十二分にあったと言えるのではありませんか。最後に、今年の前川先生と中学生らのあの出し物については、これ以上論ずる必要もなく、園長として何かの処分をするほどの必要もないと思われるので、この件は不問とします。

異議がある方、この場でどうぞ。

翌年で40歳になる若き園長は、そんなことに目くじらなど立てていなかった。いささか白けた気分でこの手の行事に参加している中高生の男子児童たち以上に、彼もまた、どこか冷めた目でよつ葉園という場所で行われる行事を見ている。あの振付はよつ葉園の園歌を侮辱しているとか何とか、そんなことは正直、どうでもいいことだと思っていた。

「それでは、異議も特におありでないようですし、本日の職員会議は、これにて終了します。先生方、お疲れ様でした」

大槻園長が閉会を宣言し、職員会議は終わった。今年残された行事は、あとは、「正月の家」という、年末から年明けにかけて集会室でこのよつ葉園に残っている子どもたちがくつろげるようにする企画だけである。職員らは、それぞれの仕事へと戻っていった。

第4部　1985（昭和60）年1月下旬　養護施設「よつ葉園」園長室

大槻園長は、今年で定年を迎える山上敬子保母を園長室に招いた。この時点では、大槻園長より年長の職員は、彼女だけである。しかも彼女は、終戦直後から休職期間を含めて足掛け38年間にわたって、よつ葉園に保母（最初は「保母見習」から）として勤めてきた。

大槻園長は、自分より年上で大先輩でもある彼女の処遇に、頭を悩ませていた。

当時は、分割・民営化で揺れていた国鉄でさえも、まだ55歳が定年の時代。これは何も国鉄だけがそうだったわけではなく、他の企業も、多くが55歳定年としていた。もっとも、これより4年前の1981年、男子55歳、女子50歳という男女をもとにした定年差をつけることは公序良俗（民法90条）に反するため無効という判例が確立していたが、よつ葉園ではすでに、役職者を除く定年を、定款で男女ともに55歳としていた。もっとも、定年まで勤めた職員は、ほとんどいない。よつ葉園が郊外の丘の上に全面移転した1981年に退職した女性事務員の例があるにはあったが、彼女は40歳代から勤めに来た職員であった。10代後半から勤めて55歳まで務めた職員は、この山上敬子保母が最初であった。その後、よつ葉園では彼女ほど長期間にわたって務めた女性職員はいないままである。

翌1986年、高齢者等の雇用の安定等に関する法律（高齢者雇用安定法）に60歳定年が企業の努力義務である旨規定される、たった1年前の出来事である。

「山上先生を園長室に呼んでもらえるかな」

大槻和男園長は、内線電話で安田知世事務員に伝えた。高校を卒業して4年目、先日22歳になったばかりの若い女性の声が、事務所内に響いた。去る1984年、元アリスの谷村新司が「22歳」という歌をリリースしてヒットさせていた。あのもの哀しさを感じさせる歌詞とは裏腹に、彼女の声は、いささか「おきゃん」な感じを周囲に与えながらも、その反面、澱んだ周囲の空気を明るくさせるような、甲高く可愛らしい声である。

「山上先生、園長先生がお呼びです。園長室までお越しください」

程なく、山上敬子保母が、保育棟から園長室と事務室のある管理棟にやってきた。いささか時代遅れの感がしないではないが、近年の保母らしからぬ、品の良さを感じさせる洋服を着ている。彼女は、終戦直後からずっとこのような服を着て、このよつ葉園で仕事してきた。実際、彼女の「生れ育ち」は悪くない。だが、終戦の影響で、何不自由ない生活をしていたのが崩れ去り、10代後半から40年近く、この養護施設で働いてきた。

山上保母が園長室に入った。大槻園長は、園長室のソファで待っていた。彼女が腰かけると同時に、彼は、向かい側の一人掛けのソファに腰かけた。

「大槻園長、どういったご用件でしょうか？」

「山上先生、昨年9月の誕生日をもって、満55歳に到達されましたな。ところで、本園の定年規定は、ご存知ですよね」

「はい。満55歳に達した年度の年度末です」

「その通りです。あなたは、この年度末で定年を迎えられますね。御存じのとおり、定年後も嘱託という形で勤務が可能であることを、本園を運営する社会福祉法人よつ葉の里の勤務規定は定めております。これは昭和43年、元園長森川一郎の時代、私が新卒でよつ葉園に採用された年に規定されたものです。給与額はもとより他の条件面においても、若干の変更は何度も行いました。ただ、定年規定については、近い将来60歳への延長を検討しておりますが、現段階ではまだ改定されておりません。山上先生からは、今年度末の定年後も、嘱託として本園に勤務したいとのご希望を、確かに承っております。あなたもご存知の玉柏英子さん、保母ではなく事務員でしたが、彼女にも55歳定年よりさらに5年間、本園がこちらに移転するまで、嘱託として引続き勤務していただいたという前例もないわけではありません。移転前の大事な時期で、若い事務員に任せるわけにもいかなかった。東園長の教員時代の教え子の古村君が事務長に就任して、引継ぎをしていただく必要があるという事情もありましたから。しかしですなぁ、よつ葉園としましては、時代に合わせた運営をしていかねばなりません。時代は、すっかり変わってしまったのです」

山上保母の表情に、不安がはっきりと現れ始めた。

「そうでしょうか？」

「そうです。失礼ながら、そんなことも、あなたはお分かりでないのですか?」

「お言葉ですが、昔も今も、子どもたちは変わりないはずです。確かに、私が津島町のよつ葉園に勤めだした終戦直後とは、世の中は大きく変わりました。しかしながら、昔も今も、このよつ葉園にいる子どもたちのあるべき姿は、変わっていないと思います」

山上保母が、少しムキになって答える。彼女にしてみれば、今年で40歳のまだ若い園長ごときに何がわかるのかと言いたいところだが、彼はすでに上司でもあり、経営者でもある。加えて、閉鎖的な環境の中で世間ずれしていると言われる養護施設関係者としては並外れて社会性に長けた人物でもある。そんな彼に「子どもだまし」など、通じない。

「確かに、あなたのおっしゃる通り、よつ葉園に限らず、子どもたちの本質は、昔も今も、そう変わるものではない。その御意見には私も、ある程度は賛成できます。さて、この10年来、あなたの職員会議における発言内容や、子どもたちへの言葉や対応を、私なりに分析して参りましたが、年を追うにつれ、今の時代に合っていないどころか、子どもたちの役に立つとはお世辞にも言えない内容が増えてきた。あなたにとっては辛い指摘でしょうが、それが現実です。若い保母や児童指導員諸君も、おおむね同意見です」

「私はもう、他の職員の皆さんから、信用されていないのでしょうか・・・?」

「そうは申しません。ですが、今よつ葉園にいる年長の子らにとっての利益には、残念ながらなっていない。それが、私の正直な感想です。具体例は挙げたくないが、とりわけZや、移転する寸前まで在園していた米河清治君のような児童らには、まったく役に立ちません。本音を言うと、彼らを指導できる保母は、本園には残念ながら、あなたを含めてほとんどおりません。彼らだけではない。他の子ら、とりわけ中高生の児童諸君に対しても、あなたの存在は、お世辞にもプラスになっているとは申せません」

山上保母の顔が、いささか、赤みを帯びてきた。

「私がZ君のお役に立てないのは、この際認めます。米河君が今よつ葉園にいたとしても、やはり私では、彼の指導は不可能です。しかしながら、乳幼児の指導に関しては、私なりにお役に立てる部分も、多々あると思っております」

「それは大いに認めております。あなたの経験と技術には、余人もって代えがたいものがある。何より、子どもたちへの愛情の深さにおいて、山上先生は本園のどの職員よりも素晴らしいものをお持ちです。ですからこの十何年来、前任者の東も、後任園長の私も、先生には乳幼児と園内行事の担当としてお力添えを頂いて参りました。大いに感謝しております。若い保母諸君は、確かにあなたより保育においても、ましてや人生においても未熟です。それでも彼女たちは、若いなりに、一所懸命頑張っております。彼女たちが委縮せず、のびのびと保育に励める環境を整えることは、園長としての私の責務の一つです」

「わかります。私なりに、彼女たちの力になりたいと思って、やってきました」

「それは認めます。しかし、いつまでもあなたにお任せするわけにもいきません」

園長室の時計の音が、カチカチと響く。小学生以上の児童らは、すべて学校に行っている。今日は特に、休んでいる児童もいない。保育室は、昼寝の時間。担当保母がついている。事務室では、古村事務長と安田事務員が経理事務にいそしんでいる。特に、電話も鳴らない。他の職員らも、園長室や事務室のあるこの管理棟に立寄ったりもしない。給食室は、昼食も終わり、休憩に入っている。丘の上にあるこのよつ葉園は、静寂に支配されている。移転前の津島町では、目の前の国道を自家用車やバス、トラックなどが頻繁に行き来していたが、この丘の上の坂道をわざわざ通過していくクルマは、ほとんどない。当然、路線バスも通っていなければ、わざわざ近道と称して通り抜けるトラックもない。

ただでさえ静かなこの養護施設の建物群の周囲は、木々と竹藪で囲まれている。


「大槻園長、改めてお願いいたします。来年度以降も、嘱託として、よつ葉園に勤務させていただけますでしょうか？」

山上保母は、長い沈黙を自ら破って、大槻園長に懇願した。

「そうしていただきたい気持ちは、やまやまです。しかしながら、本園の現状に鑑みると、この数年来、男性の児童指導員の必要性が高い状況が続いております。彼らに継続して勤務してもらうことは、財政面で確かに大きな負担にはなりますが、仕方ありません。ですから、あなたの給与を今後ともお支払いし続けるゆとりは、正直申しまして本園にはありません。あなたはすでに子どもさんたちも成人されているし、お孫さんもいらっしゃいますよね。これは私の勝手な意見ですが、先生御自身がよつ葉園に勤められていて、それゆえ子どもさんたちにできなかった分を、これからお孫さんたちにして差し上げられたら、子どもさんたちもお孫さんたちも、随分喜ばれるのではと・・・」

こうしてあげたら子どもたちは喜ぶ・・・、彼女がよく職員会議などで使った話法。

しかし今回ばかりは、初老とはいえまだ若い大槻園長から逆手に取られた形になった。

「それでしたら、週何日かでも、嘱託職員として昼間の数時間だけ、乳幼児の指導のために通勤させていただくことも、可能ではないかと・・・」

「そうかもしれませんが、本園としましては、これ以上ご無理をお願いできません。恩着せがましいかもしれませんが、森川の努力もあって、男女とも公務員並の給与体系も整備できています。それなりの給与をお支払い出来たし、退職金もお支払い出来ます。そういう節目ですので、ここでひとつ、後進に道を譲っていただきたいのです」

しばらくの沈黙の後、山上保母は、重い口を開いた。

「わかりました。この年度末の定年を機に、よつ葉園を退職させていただきます」

その言葉を、彼女だけでなく、大槻園長もまた、じっくりとかみしめていた。そのための時間は数分程度だったのだが、両者にとっては、数時間以上の感触だったに違いない。

「そうですか。尊い御決断、ありがとうございます。定年退職となりますので、定年退職届に、事務所でご記入願います。様式につきましては、すでに事務長の古村君がタイプライターで作成しておりますので、こちらの用紙に、日付と署名をお願いいたします。捺印は、事務所で保管しているあなたの三文判をご用意しております。いつも出勤簿に捺印されている印鑑ですね、そちらを捺印していただければ結構です」

大槻園長は、ソファの前の低いテーブル上に、数枚の紙と印鑑をそっと差し出した。

山上保母は、津島町にあったよつ葉園に勤め始めた頃のことを思い出していた。

このよつ葉園は、子どもたちの「家」で、我々職員は、子どもたちの「親」なのである。「親」として、子どもたちを導いていかねばならん。子どもらとともに遊び、共に学び、ともに食事をし、風呂に入り、そして、寝起きすることが、職員の一番大事な仕事。そのうえで、保育や育児の理論を学んでいきなさい。ここで子どもたちと暮らすこと、それが、あんた達保母の仕事じゃ。

街中に戦災孤児があふれていたあの頃、森川一郎園長は、厳しくも優しく、子どもたちを導く彼女らを指導してきた。彼女が結婚し、子どもが生まれてもなお通勤して勤め続けたいという思いを受止め、子育てしながら働き続ける道筋を作ってくれた。あの頃は確かに、社会全体が貧しかった。ましてここは「孤児院」から名称変更されたばかりの養護施設。

昭和23年7月3日、火事で園舎の2階が全焼した。そのときは、歩いて30分もあるM寺さんに子どもたち泊めさせてもらい、毎日、自転車で子どもたちの食事を運んだ。自転車に乗るのも、そのときはじめて覚えた。木造の園舎は半年がかりで何とか建て直せたが、ただでさえも、運営費にいつも事欠いていた。そこで昭和32年春、よつ葉園は銭湯機能付きの風呂場を作り、地元にも開放した。今ほど市街地化していなかったし、近くには銭湯がなかったこともあるが、何よりも、運営費を確保するためだった。男性の児童指導員や子どもたちと一緒に、薪をくべて風呂を焚いた。彼女は、よく番台に立った。結婚してすでに子どもも生まれていたが、品のある洋服で番台に座る彼女の姿はまさに、よつ葉園銭湯の「看板娘」といってもいいほどの雰囲気を醸し出していた。

「児童を労働に供して『金儲け』をさせるような真似は、おやめなさい」

県からは何度も、銭湯事業の中止を勧告された。それでも、あの白亜のモルタル造りの風呂は、地元の人たちの入浴料、大相撲の興行やプロ野球のキャンプの際の入浴料を名目とした寄付などもあり、数年で建設費を償還できた。鉄筋の園舎は償還に苦労したが、津島町近辺が文教地区として脚光を浴び始め、地価も上がったため、移転に際しては、その費用をすべてまかなえたばかりか、余剰金さえ幾分出た。苦しい台所事情ながらも、創意工夫をして、「一生」懸命、子どもたちのために働いてきた。確かに、自分の子どもたちには、寂しい思いをさせたかもしれない。幸い夫が自営業で、夫の両親もいてくれたから、子育てで大きく困ることもなく、こうしてよつ葉園で定年に至るまで勤めあげることができた。

私は子どもたちと、このよつ葉園で、ともに遊び続けた。来る日も、来る日も。よつ葉園にいる子たちはみんな、子どもらしさを持っていた。さまざまな「行事」は、私の腕の見せ所だった。お楽しみ会、誕生日会、ソフトボール大会、海水浴、創立記念日、クリスマス会、卒園生を送る会、入学を祝う会・・・。

みんなで一緒に、何かをなしとげることの楽しさを、私は、子どもたちと一緒に味わった。終戦直後の何もない頃、そういった「行事」に、子どもたちは目を輝かせていた。みんなで一緒に、何かを成し遂げた。そして、みんな、巣立っていった。ときどきよつ葉園に来てくれる卒園生たちは、あの頃のことを、懐かしく話してくれた。森川園長は、そんな子どもたちを、やさしくも時には厳しく、何より暖かく大きな心で接していた。

でも最近、子どもたちから、昔のような「目の輝き」が、失われてきたように思う。今どきの子どもたちは、テレビの歌番組や芸能人のコントを観て、目を輝かせている。私が力を入れてきた「行事」に目を輝かせて参加するような子は、もういない。いるとすれば、せいぜい、幼児さんたちと小学校の低学年まで。叔父に引取られた米河君や、今もいるZ君は、そんな行事を、小学校低学年の頃からすでに、どこか冷めた目で見ていた。あの二人が「特別」なのか？　どうも、そうではないみたい。他の子たちも、彼らほどの冷めた目で見るわけじゃないが、どこか「白け切った」態度でそういう行事に関わっている。例えばクリスマス会。一見、年長の子らが熱心に会の出し物をやるべくみんなを指導しているように見えるけど、その実、彼らも、冷めている。終ってしまえば、それまで積み重ねてきたものは、なんにも残らない。他の「行事」も、同じような感じ。子どもたちの目を輝かせるテレビ番組が「プロ」なら、私のやっていることは「子どもだまし」でしかないのかしら？

今から10年近く前、「しらけ鳥」なんて歌がテレビで流行った。私は今や、このよつ葉園で「しらけ鳥」を育て、飛び立たせているのかもしれない。

「こんな幼稚なことに、時間をとらせやがって・・・」

この丘の上の新園舎に移ってこの方、そんな声が、大きくなってきた気がする。子どもたちばかりか、若い保母や男性児童指導員たちからも、聞こえてくるようだわ。

大槻君が就職したころは、まだ、そこまでの空気はなかった。よつ葉園に就職して園長になるまで、大槻君は、熱心な児童指導員だった。他施設の同僚や後輩の男性指導員からは、憧れの目で見られていた。大槻指導員は、子どもたちとよく遊び、熱心に仕事していた。女子大出身の今西指導員と結婚しても、そこは変わらなかったどころか、熱心さにますますの磨きがかかった。やがて彼にも子どもが生まれて、自分の家庭でも「子育て」が始まった。彼は、私生活の「子育て」だけでなく、仕事としての「子育て」

にも、熱心だった。若い頃の大槻指導員の姿を、私は、惚れ惚れする思いで見ていた。

児童指導員で副園長格だった大槻君は、小学校長を定年退職してよつ葉園に来られた高齢の東航前園長に代わり、よつ葉園が移転した年度が終ったと同時に、園長に就任した。

それが、今から3年前のこと。大槻君が、37歳の年だった。

「児童福祉で今後必要とされていくのは、人間性以上に、社会性です」

大槻君が園長に就任直後の職員会議。全職員の前で、彼は開口一番、そう公言した。そこから少しずつ、かつての大槻指導員像は、目に見えて変わってきた。良くも悪くも。この流れは、もう止まらない。

私にはそれを止める力も資格も権限も、ない。

大槻君に対して厳しい目を向けていた、滋賀県から来た高尾君。今や滋賀県の須賀学園で副園長になっているけど、大学出の新卒とは思えないほど、冷めた目で物事を厳しく見ていた。人あたりが一見柔らかく感じられるだけに、大槻君以上の厳しさが感じられた。今うちにいる梶川君も、いずれは大槻君や高尾君のような感じになるでしょうね。そんな兆候は、確かに感じるもの・・・。今年くすのき学園から移ってくる予定の山崎君も、うちにいるあの尾沢君にしても、いずれは、大槻君と同じような立ち位置に来る。まだ中3のZ君や小6までうちにいたあの米河君だって、職場や世界は違っても、いずれ大学を出たら、そのうち大槻君や高尾君と同じような立ち位置になる日が、確実に来る・・・。

私のしてきた「情操教育」なんて、もうとっくに、時代遅れなのかもしれない。

あの国鉄でさえ、今、分割・民営化に向けての議論がなされている。あれほどの組織であっても、時代に合わなくなれば潰される運命にある。まして、私のような養護施設の一保母が、時代に流されず、この地で同じように勤めていけるはずもない。

もう、この地にとどまることは、できないのかしら？　やっぱり私、ここが、潮時なのね・・・。

「長い間、お世話になりました。ありがとうございました」

山上保母は、大槻園長に、というより、よつ葉園という人生をかけて勤め上げた職場に対して、淡々と、しかし、ありったけの思いを込めて、礼を述べた。

大槻園長は、山上保母の言葉を受け、さらに言葉をつないだ。

「つきましては、来週より3月末まで、有給休暇も残っておりますので、それを消化しながら、じっくりと、4月以降に向けてのご準備をなさっていただきたい。有給休暇は、『労働者の権利』として与えられているものです。この際その権利をうまく行使していただければ、あなたにとっても、御家族にとっても、利益となりましょう」

労働者の権利・・・。

山上保母にとっては、何だか世知辛くよそよそしい方向へと話が進んでいるような気がしてきた。

さかのぼること20年ほど前、ある保母助手が「解雇騒動」を起したとき、その手の言葉を外部の識者らがよつ葉園に対して、散々に浴びせてきた。でも、よつ葉園という「家庭」にそんな言葉が必要なのかしら？　彼女はずっと疑問に思っていた。大槻園長は確かにこの手の言葉を使うことはままあるが、彼女に対して面と向かって、そんな言葉を使うことは、それまで一度もなかっただけに・・・。

「子どもたちは、どうなるのでしょうか？」

このよつ葉園にいる子どもたち一人ひとりのことを、老保母は本心から心配していた。

これだけは、聞いておきたかったのだ。たとえ、「最後の悪あがき」ととられようとも。

「ご心配なさらずとも、ここにいる子どもたちは、この地でしっかりと生きていく術を学んで、社会に出ていきます。私たちは、その手助けをするだけです」

そんなあっさりとした、どこか「ビジネスライク」な言葉を、大槻園長は返した。

「私の担当の仕事は、どうなりますか・・・」

その点についても彼は、抜かりなく手を打っている。

「それも、御心配には及びません。吉村さんは御存じのとおり、結婚して子どもさんも今丁度、担当の幼児らと同じ年頃です。あなたの後継は、彼女が十分務めてくれるでしょう。若い保母たちもこれまで以上に、のびのびと子どもたちの世話をし、ともに遊び、共に学び、生活を共にしながら、本園の児童らを導いてくれるはずです」

山上保母は、小川のせせらぎでも聞きながら楽しい夢を見つつ居眠りしていた少女が、ふと目を覚ましたような感触を味わっていた。そこはもう、「楽園」ではないようだ。

「私は、よつ葉園の子どもたちの「親」として、失格だったのでしょうか?」

夢見る少女から現実に戻った老保母は、青年園長に尋ねた。

「そうは思いません。山上先生、あなたは、38年間にわたり、子どもたちの「親」としての役割を、十二分に果たして来られました。しかしながら、子どもたちはいずれ成長し、親元を離れていくものです。御存じのとおり私の息子たちは、いま中学生と小学生ですが、彼らにしても、いずれ、私と妻、つまり、両親のもとを去っていきます。よつ葉園の子どもたちもまた、このよつ葉園という「家」を、去っていく日が来るのです」

山上保母は、黙って、大槻園長の言葉をかみしめた。

「私にしては、情緒的なことを述べてしまいました。もっとシビアなことを申し上げましょう。私にとっても、あなたにとっても、このよつ葉園は、本質的に「家」でもなければ、「家庭」でもない。あくまでも、「職場」です。子どもたちにとっては厳しい現実ですが、ここは彼ら彼女らにとって、所詮は「仮の居場所」に過ぎません。ただ、それを言ってしまうと身もふたもないですから、できるだけ「家庭」に近い形で過ごせるように、私たちは、「職務」として様々な取組みをしているのが実態であり、それが現実です。あなたの考え方は、確かに、崇高で尊い。よつ葉園は子どもたちの家であり、職員はその親、みんな兄弟姉妹の、仲良く暮らす家。同じ釜の飯を食べる仲間。ここを巣立ったら、みんな家庭を持ち、子どもが生まれ、子どもたちに自分のできなかったことを託して、自分の子どもたちのために・・・、素晴らしい。確かに、尊い考えであり、思いです」

「ええ。そんな人生を、子どもたちには送って欲しいのです。自分の家庭をもって、子どもと駆けっこをしたりして、ともに遊び、共に学び、ひとつ屋根の下で一緒に、仲良く日々を送る・・・、学歴がなくても、手に職をつけ、人間としてよければ・・・」

大槻園長は、自らの思いのたけを述べる山上保母の言葉を遮った。

彼は静かに、持ち前の激情をほとばしらせつつ、彼女に反論した。

山上先生、お待ちなさい！

そんなこと、私ら職員が子どもたちに押付けるものではない！

彼らには、彼らの人生があるのです。あなたの理想がいくら崇高で立派でも、彼らはそれを受入れるとは限らない。受入れたかろうがそうでなかろうが、それを実現できる環境に置かれるとも限らない。

一見尊く、素晴らしく聞こえるあなたのお言葉ですが、善意ごかしの押付けになっていることに、今もってあなたは、お気づきでないようですね。あなたのそのような理想こそが、今や、よつ葉園の子どもらの社会性を阻害する要因になっているのです！

そんな考えは、このよつ葉園内でいくら通用させることができても、一歩外に、社会に出れば、まったくもって通用しない。極端な例かもしれませんが、全面移転を機に小6で父親の弟である叔父に引取られて退所していった米河清治君が今生きている世界では、あなたの考えなど、聞く耳を持たれないでしょう。彼と御付合いのあるO大学の学生諸君ともなれば、歯牙にさえもかけないでしょうね。米河君の叔父さんに、先日津島町でお会いしましたが、あの子は、あなたもご存知の大宮哲郎さんの息子さんの太郎君をはじめ、O大学の鉄研、つまり鉄道研究会という名のサークルの諸君のもとに通って、鉄道に限らずさまざまなことを、今も学んでおります。太郎君より1歳上で、お父さんの赴任先だった函館で出会ったという彼の幼馴染の海野たまきさんという文学部の学生さんにもお会いしました。彼女は米河君に、O大の入学式で鉄研のビラを受取ったと言っていました。先輩と一緒にビラを撒いていて、大学生かと一瞬思ったが、学生服を着ていて、よくよく聞けば中学生だったと、びっくりしていました。鉄研の諸君が気を利かせてくれていて、その海野さんとも米河君は交流がありますが、彼女は、元気のいい弟のようなものですからと言って、鉄研の諸君以上にかわいがってくれています。彼は確かにひと思いに何かに向けて突っ走る少年ですから、海野さんのような存在は、私にしてみれば、実にありがたい。

それはともかく、米河君や、ましてやO大学の学生諸君のような飛び抜けた能力を、Z君あたりにはともかく、よつ葉園の全児童に要求するのはさすがに無理ですし、現実的でもない。しかしながら、よつ葉園の園長としては、この地にいる児童全体の社会性を、一層底上げしていかねばなりません。そのためには、先ほども申しあげたとおり、本園の児童らが社会性を身に着け、近い将来、社会人として税金をきちんと国や地方公共団体に対して支払えるように、逆に税金をもらうとしても、それを社会のために有効に使える人材になるように導いていかなければなりません。米河君や彼の周囲のO大生の諸君に負けないだけの人材を育てられるだけの環境を整備し、この地から一人でも多く、立派な人材を創り、社会に送り出す。それこそが、これから先の、私のよつ葉園での役目なのです。

これはもちろん、山上先生がこれまで40年来されてきたことを否定するものではありませんし、先程おっしゃった「人間としてよければ」という言葉を無能の浅智恵として全否定するつもりは毛頭ありませんが、そんな言葉で米河君や今もいるZ君のような子たちの将来にケチをつける権利は、あなたにも、もちろん私にも、一切ないのですよ。

大先輩の老保母に対し、若き園長が声を荒げたのは、このときが最初で最後だった。

老保母の顔全体に、「塩分のいささか含まれた水分」があふれ出している。彼女には、それに気づくゆとりなどない。一方の大槻園長、彼女の顔にあふれているものなど、単に「水」という物質としか認識していないかのようだ。

「長い間お世話になりました。ありがとうございます。それでは、来週より、有給休暇を取得して、来る退職に備えさせていただきます」

彼女は、最後の力を振り絞って述べた。

「まずは、事務の者に、その旨お伝え願います。こちらの書類に、署名捺印をして、古村さんにお渡しください。それから、保育室の吉村先生に、帰られたら園長室に寄るよう、お伝え願います。それでは先生、お引取りください」

大槻園長は、「定年退職届」とタイプされた紙と、予め準備していた彼女の認印を手渡した。それらを受取った山上保母は、園長室を出て、事務室に向った。署名捺印がなされ、その日の日付と彼女の生年月日の記された彼女の定年退職届は、それから十数分後、古村武志事務長に手渡された。必要事項が補充された有給休暇取得願とともに。

しばらくすると、当時30歳を超えたばかりの吉村静香保母が、園長室にやってきた。来年度以降の方針を協議するため、大槻園長は彼女を呼んでいたのであった。

追記
山上敬子元保母は、その年度末、定年を機によつ葉園を退職した。それから約30年後のある日、実の子どもたちや孫、そしてひ孫たちに囲まれて、天寿を全うしたという。

第5部　1985（昭和60）年3月下旬　よつ葉園にて

この年度末、よつ葉園に大きな問題が浮上した。

県立の普通科高校を受験したZ少年が、高校入試に失敗したのである。彼は、よつ葉園始まって以来の大学進学者となり得るほどの学力がある児童である。それが、高校入試で躓いてしまった。しかも、いわゆる「滑り止め」と言われる高校も受験していなかった。実際は私立高校も、当時はすでに学費等を養護施設から出せる時代になっていた。それでも、よつ葉園には金がないとか何とか言って、彼に県立高校一本で行くように、結果的には仕向けていた。もっともそれは、後に彼が大学に進んだ際にも、同じようなことを彼ら職員は言っていた。その割に彼らは、養護施設の児童のためにどのような性質の金がどこから入って来ているのか、そういったことを、何一つ説明していなかった。それは、Z青年が大学に合格し、いよいよ一人暮らしを始めるときでさえもそうだった。

そのかわり、よつ葉園を家庭だの家族だの、そういう情緒的なことを述べて子どもたちを指導していた。それが、当時のよつ葉園という養護施設の「現実」だった。

大槻園長にとってこの結果は、青天の霹靂以外の何物でもなかった。もちろん、手をこまねいていたわけではない。先日すでに、緊急の職員会議を開いていた。その会議は大いに紛糾した。大槻園長はいささか激情家の要素があるが、その日は普段になく職員らに対し、それをあらわにした。すでにその年度末での退職が決まっていた前川保母は、あまりの辛さに、会議中に突如泣き崩れ、他の保母らに担がれて、病院に運び込まれた。短大の幼児教育科を卒業していた彼女にとって、中学生男子の担当、それも、高学力のZ少年を直接の担当としたことが、結果的に大きな裏目に出た形になった。彼女の担当する寮を統括する梶川弘光指導員の指導不足を、大槻園長は激情を込めて責め立てた。

「いったいおまえらは、何を指導していた！　受験前の大事な時期に、おまえらはまともな指導が何一つ、できていないじゃないか！　それが、この結果だろう！」

確かに、その通りだった。学校や施設の内外で、いろいろなもめごとに巻き込まれていたZ少年の心に寄り添い、受験勉強にいそしませるだけの体制が、まったくと言っていいほどできていなかったことが、様々な事例とともに、この日噴出した。

淡々とした表情とは裏腹に、梶川指導員は、困り果てていた。自分が直接担当するにしても、いざというときに責任をとれと言われてとる自信もない。これならいずれ、自分自身にも責任が降りかかる。悩んだ末彼は、来年度もZ少年の担当を若い保母に任せようと考えた。そして彼は、その役を高部友子保母に任せることにした。彼女はX県の紡績会社に勤めながら短大の二部を卒業し、このよつ葉園に就職して来年で3年目になる保母。そんな「苦労」をした彼女なら、Z少年に対してそれなりによい指導もできるだろうと、彼は考えた。大槻園長も、それなら何とかなるだろうと、梶川指導員の案を了承した。Zをとりあえずどこか高校と名の付くところに在籍させよう。大槻園長と梶川指導員は、その線で彼に提案した。

よつ葉園は、Z少年を定時制の県立U高校に籍を置かせて通わせ、次の手を考えることにした。

だがそれは、問題を先送りしただけのことだった。

Z少年が描いた将来図は、大検という制度を利用して、さっさと大学に行くという手段。大検という制度を知らない職員たちは、調べもしないで、そんな制度なんかないと言っていたが、後に、その発言を事実上撤回し、彼が大検を通して大学に行くことを認めるという方向になった。しかし、高部保母は、Z少年に対して、高圧的に、自分が指導者であるといわんばかりの言動が目立った。彼が朝と昼、いや、朝だけでもよつ葉園にいるだけで、彼女の昼間の休憩時間が休憩にならなくなる。そんな不満も持った。彼女もまた、「大声を出して子どもたちに指示を出し、仕事をした気になっている」職員だった。ただそれは、彼女が特別というわけではなく、当時の養護施設には、そんな職員が少なからず、どの施設にもいた。その場はそれで収まっても、そんな「指導」は、1年と持たずに破綻するもの。だからこそ、担当職員を変えたり、住む部屋や寮を変えたりするのだが、同じような職員がいる限り、そんな対応は所詮「その場しのぎの目くらまし」に過ぎない。Z少年と高部保母の関係も、その典型的なものだった。Z少年にとって高部保母個人だけではなく、よつ葉園に対する信頼関係自体が、ガタガタになってしまった。彼女は翌年3月、よつ葉園を退職していった。

大槻園長は、これ以上梶川指導員にも他の若い保母にも、Z少年の担当を任せるわけにはいかないと判断した。1年後の「寮替え」を機に、彼の担当を生え抜きの尾沢康男指導員に変更した。結局Z少年は大検から大学入試に挑み、定時制高校は3年中退で大学に入学し、よつ葉園を去っていった。

Z氏は大学卒業後、岡山県を去って兵庫県の学習塾に勤め始め、今も教育関係の仕事をしている。岡山県に来ることは度々あり、よつ葉園には大学卒業後、何度か立ち寄ってはいるが、在園当時の職員がいた頃は、厳しい非難を浴びせていた。もっとも近年は、その舌鋒もかなり穏やかになっている。

壊れた壁時計　尾沢康男元よつ葉園児童指導員の回想

2018（平成30）年9月　岡山市内の某所にて

養護施設よつ葉園元児童指導員の尾沢康男氏は、××ラジオ局の取材で、よつ葉園に勤めていた頃のことを語った。これは、そのインタビューの一部を抜粋したものである。

私が養護施設職員として勤めた中で、もっとも辛かったのは、Z君への対応の悪さ以上に、N・・・いや、G君への対応の失敗です。

平成元年、1989年の6月のある晴れた日のことでした。

G君は、今でいうなら「いじられる」ところのある子でした。いつもニコニコしていて、ちょっとおっちょこちょいなところがありました。しかし、彼が実に芯の強い人間であることに、私たち職員は誰も気づけていませんでした。実に気安く、私の理想とする家族像と家庭論を述べて「指導」していたことが、後々、大きな仇となりました。

G君と彼の妹を、母方のN姓に変えたらどうかと彼の母親に提案したのは、確かに私です。彼らの父親はすでに死亡しており、母親は再婚した。その母親より幾分若い再婚相手の男性の苗字がNでした。しかも彼は、岡山県北の養護施設の出身者でした。Nさんとは確かに血のつながりはないかもしれないが、実の母親という肉親がいるのだ、母を大事にして、みんなで家族として仲良く生活できるようになってほしい、そんな思いで私は、彼の母にその提案をしました。再婚相手も、了承した。結局、よつ葉園が移転したのと同時に、G君と妹の姓をNに変更することになりました。彼が小5のときでした。

しかし、N夫妻は生活力に乏しく、もともと夫婦そろって生活保護世帯だったため、その後生まれた父親違いの弟もまた、よつ葉園に入所することになりました。

生活保護世帯で生まれ育った子どもがまた、生活保護を受給するようになる。養護施設で育った子どもが大人になり、その子もまた養護施設に入ってくる。これを「貧困の連鎖」と言う人がいますが、G君の家庭はまさに、その手の要素が絡んだ典型的な事例でした。

私はG君に、N家を大事にしろとかねて言っていました。N家の大黒柱として、母親や妹たちを支えてやれとね。彼は、笑顔ともへらへら笑いともつかない、いつもの表情で、私の言うことを聞いていました。ですが、彼の内心、今思うと、はらわたが煮えくり返っていたのではないか。

というのも、亡き父親に対する思いを、私たちはまったく考慮に入れていなかった。聞いてはいても、軽く扱っていたことは間違いありません。

忘れもしません。彼が定時制高校の4年生の6月ごろのことです。管理棟の事務室にG君を呼んで、いつものように説諭していました。よせばいいのに、言ってしまった。

「N、おまえなあ、死んだ父親よりも、今生きている母親や妹たちのほうが大事じゃないのか？　お母さんも妹も、血のつながった家族じゃないか。ええ加減素直になって、面倒見てやれ！　N家の大黒柱としての役割を果たしたらどうなら・・・」

彼の表情が、みるみるこわばっていきました。机上のガラス製の灰皿を、彼は手にしました。

いつものニコニコした表情から、阿修羅のような表情へと変貌しました。

「尾沢「センセイ」よう、何が素直じゃ、もう一度言ってみいや」

彼は私を、灰皿で殴りつけようとしました。トイレから戻ってきた山崎指導員が、怒鳴り声を上げました。

「おいN、待て！　暴力はいけん！」

「すっこんどれ、山崎！　わしゃ二度とNなど名乗らん！」

G君は標的を変え、ガラスの灰皿を、近くの壁時計に向けて投げつけました。

時計は壊れ、床に落ちた灰皿は割れました。

「これがわしの答えじゃ、尾沢！」

壁から落ちてきた時計を、G君は私がいたテーブルに向けて叩きつけました。

「ふざけるな、テメエら！」

一言怒鳴った後、彼は事務所のありとあらゆる物を手あたり次第壁やガラス窓に向けて投げ始めました。窓ガラスも何枚か割れました。用事があって事務所に来た野田保母と、銀行から帰ってきた安田事務員が、彼の鬼のような形相を見て、悲鳴をあげて逃げていきました。

「おい、N、やめろ！」

私の制止など、彼にはもはや通じなかった。彼の怒鳴り声、今も忘れられません。

「Nじゃねえ言うのがわからんのか！」

私はずっと剣道をやっていました。彼よりは体力も腕力もあるはずでしたが、G君は机の上に飛び上がり、私に向かって飛び蹴りを食らわせてきました。かなり吹っ飛ばされました。止めようとした山崎にも、彼は椅子で殴りかかりました。年少の子を年長の子が叩いたりすることは昭和の時代にはままありましたけれども、あの頃職員や年長の子などに叩かれた側の子らは、こんな感じだったのか・・・。床に倒れた私は、ふと、そんなことを思いました。

しかし、あの頃の子どもたちでも、ここまでひどく相手を殴ったりはしなかったはずだ・・・。

多くの保母たちが事務所前に集まってきました。事務長の古村という男性職員が見回りから戻ってきて、園長室に駆け込んでいきました。園長室には、誰もいませんでした。G君は近くにあった椅子を保母たちめがけて、窓ガラス越しに投げつけ、さらに物を手あたり次第投げつけました。ガラスは割れ、網戸も壊れました。

「警察を呼びましょうか?」

いつも以上に甲高い声で尋ねる安田事務員に、古村事務長が待ったをかけました。

「今は呼ぶな、園長が帰ってからじゃ」

「わしゃあ見世物じゃねえ!」

彼の剣幕に、外で見ていた保母たちも後ずさりしました。

程なく、大槻が職員住宅から戻ってきました。

「おい、どうした?　何があったんなら?」

私たち男性職員4人でG君を何とか抑え、応接室に連れて行きました。

「まあ、落ち着いて話そう・・・。山崎君と尾沢君、事務所の掃除を頼む」

応接室のドアは開いたままでした。やがて、応接室から怒鳴り声が聞こえてきました。

「問答無用！　何が暴力はいけないじゃ、笑わせるな」

「なら、わしもおまえを・・・」

大槻の言葉が終るのも待たず、G君が渾身の怒鳴り声をあげました。

「何が愛の鞭じゃボケ！」

ドアの向こうでは、少し小柄なG君が、若干長身の大槻に体当たりを仕掛けました。19歳になったG君の力は、予想外に強くなっていました。大槻は激情家で、時として子どもたちを叱るときに蹴り殴ったりすることもしばしばありましたが、怒りに燃えているG君の前には、まともな反撃さえもできませんでした。

「N、やめろ！」

「オドレはすっこんどれ！　古村！」

止めようとした事務長の古村が、ドアの外に跳ね飛ばされました。

「テメエも尾沢と同罪じゃ！」

そう言いながら、彼は大槻園長を殴り続けました。

「二度とわしをNと呼ぶんじゃねえ！　わかったか！」

殴り返そうとする大槻を、G君はさらに蹴り飛ばしました。私たちも応接室に飛んでいき、大槻を袋叩きにしているG君を、何とか3人がかりで抑えました。応接室に飾っていた森川元園長の遺影が壁から落ちていました。額のガラスにはひびが入っていました。幸い、元岡山市長でもある古京友三郎元園長の大きな肖像画は、無事でした。暴れるG君を何とか抑え、とにかく、応接室で落ち着かせました。

G君は、壁から落ちた額を手に取り、目の前にいた大槻に突き出しました。

「さっさとここから出せ！　あとはテメエで生きていく。仕事なら目星ついとる！」

元園長の遺影を大槻に突き出し、彼は、静かに言い放ちました。

「ちょっと待ってくれるか」

大槻はその遺影を受取り、壊れた眼鏡を拾って園長室に戻った後、汗まみれの顔をタオルでぬぐいながらトイレに向かいました。私たちは手分けしてGを落ち着かせながら、応接室から出て、安田さんと事務所の片づけに回りました。割れたガラスの破片を箒でていねいに掃きとりました。遠巻きに見ていた保母たちには、各自の寮に戻るよう、山崎が指示しました。しばらくして園長室から出てきた大槻は、トイレの洗面台で顔を洗い、園長室に置いていた新しい眼鏡をかけて、G君と静かに向き合い、話し始めました。

「わしゃ、よつ葉園の子に殴られたのは、これが初めてじゃ。まさか、それがGだったとはなぁ。おまえの怒ったのは、無理もない。でも、尾沢君を許してやってくれるか」

「いや、一生許さん・・・」

あまりの剣幕に、大槻園長は、一瞬たじろぎました。

「・・・そうか・・・。とにかく、これから先、おまえなりにしっかり生きてくれ。このよつ葉園、おまえの帰ってくる家と思って欲しいが・・・」

「度々笑わせるな。用が済んだら二度とここには来ん。母親と妹、それに弟もおるが、わしにはもう関係ねえ。園長、わしを二度と、Nと呼ばないようにしてくれ。わしはGとして、これから生きていく。邪魔する者は、誰であれ叩きのめす。あんたも、な」

「もうええ、わかった・・・」

「長いこと、世話になったな。園長先生、ありがとさんよぉ・・・」


G君が職員を殴ったのも、本気で怒ったのも、このときだけでした。

この「事件」ですが、結局、警察にも児童相談所にも、通報しませんでした。ガラスが何枚も割られ、網戸も壊れ、あの時計だけでなく電話機などの事務所の備品も破壊されましたが、それらはすべて「なかったこと」として処理しました。修復には、数十万円かかりましたが、そこは、「老朽化による交換」ということにしました。森川元園長の遺影の額は、普通に「消耗品」として処理されたそうです。津島町から移転して8年と少し経っていましたから、そういう処理をしても不自然感なく、監査などで特に問題にされることもありませんでした。それにしても、私のあの一言は、いや、G君に対する対応は、随分と高くついたものです。私の眼鏡は金属フレームでしたから、眼鏡屋に行って調整するだけで済みました。レンズが割れなかったことは、不幸中の幸いでした。

「わしらも、反省すべきは、せにゃあいけん。N、いや、Gがここまで怒ったのも、わしらの対応が悪すぎたからじゃ。子どもとはいえ、ひとつの人格。Gに限らず、児童らの人生を指図する権限など、法令以前の問題で、わしらにはそもそも、ありゃせんのじゃ」

私は、G君が就職するという魚屋さんに電話をかけてその日の顛末を話し、その日からしばらくの間、そちらで泊めてやってくださいとお願いしました。G君の荷物をまとめて、その日のうちに古村事務長がクルマで送り届けました。そのままよつ葉園に居させては、またなにがしかの暴力沙汰が起こることも懸念されたからです。

よつ葉園は結局、G君を「措置解除（児童を養護施設から退所させること）」することにしました。

G君が住める手配が整った翌週末、G君は、よつ葉園とは金輪際縁を切ると宣言し、よつ葉園を去っていきました。彼がよつ葉園を去るとき、園長室の大槻の面前で、わしはあの尾沢だけは許さん、よくもわしの苗字を変えさせて父方との縁を切らせようとした、それを認めた大槻園長、あんたも同罪じゃと言った。大槻は、わしも反省しとる、申し訳なかったと改めて謝ったが、G君は私と口を利かず、最後は私の同席を拒否した。彼の妹が遠巻きに兄のG君を見ていましたが、安田事務員とともに、彼女を別の場所に連れて行きました。妹は、兄にけんもほろろに相手にされなくなったことがよほど辛かったのか、声をあげて泣いていました。また暴力沙汰になるのは目に見えていましたので、接触させませんでした。この兄妹は、その後一度も会っていないそうです。

G君の就職先の魚屋さんは、彼の父親の友人でした。定時制高校に行っている頃、街中の魚屋でたまたま出会って話をしたら、U町の出身で、しかも父親と小学校の同級生だった。友人の息子のG君が養護施設にいたことは知っていましたが、彼の話を聞いて、それならもう、施設を出てうちで働けということになった。魚屋さんに身元引受してもらい、G君は、よつ葉園を去っていきました。定時制高校は、無事卒業したそうです。その後彼は、魚屋さんが店じまいするのを機に、ぽっかり温泉の社長を紹介され、そこで仕事をするようになったと聞きました。G君はよつ葉園を出てすぐ、N姓を父方のG姓に戻しました。母親や妹らとも一切縁を切った。結婚もせず、今も一人暮らしです。あの日から一度も、私はG君に会ったことはありません。

よつ葉園という、G君にとっては「生活の場」にいて毎日朝晩顔を合わせていたのに、一度縁が切れてしまうと、近くに住んでいるのに一切見かけることさえなくなることも、あるのですね。

あの壁時計、今も、よつ葉園の事務室に置かれているはずです。時計の針は、あの日、G君に灰皿を投げて壊された時のままです。きれいにラップで包み、プラスチックのケースに入れて、職員会議を行う場所にある戸棚の一角に、その時計を置きました。その時計を置いたのは、私です。

G君が私に投げつけたあの時計、時を止めて久しいですが、今も、これからも、よつ葉園の職員たちに、戒めを与え続けてくれるのではないでしょうか。あの時計を見ることも今はないですが、退職する前に、私は、あの時計の写真を撮影しました。携帯電話の待受画面にして、何かあるたびに、その時計を見ています。

もし彼が私の言う通りのことをしていたらどうなったか?

ひょっとすると、私は、彼の母の夫らの「労働搾取」の片棒を担がせる羽目になったかもしれません。そもそも、生活力のない両親と妹たちの面倒を「家族」の美名のもとに押し付ける権利など、私たちにあるわけもなかったのです。彼の退所時のあのひと悶着は、それを防ぐ最後のチャンスだったのかもしれません。後に人づてに聞くと、彼のもとに、母親らが生活保護を受給するにあたって面倒を見られないかという照会が岡山市よりあったようですけれども、彼はよつ葉園に小6までいた米河君に相談して、「無理」と、岡山市の福祉事務所に回答したと聞きました。確かに、民法には直系親族と兄弟姉妹には相互扶養の義務があると規定があります。とはいうものの、現実問題として、そんなものに実効性などありません。米河君が、「あんなものは、国民に対するプログラム規定ですよ」なんて私に言っていましたが、なるほど、それもあたっていますね。

一応、生活保護を受けるに際しては、親族に照会はされます。それでも、扶養は言うに及ばず、少額の仕送りにしても、無理と回答されればそれまでの話です。それ以上の無理強いはできません。以前は訪問や架電した親族に扶養を迫る福祉担当職員もいたようですが、今どきそんなことを強要したら、マスコミや議会などで問題にされて、その職員の立場にも影響しますからね。政令市や一定以上の規模の自治体ならもうそれまでで、あとはさっさと保護決定通知が出されて、申請者本人とその家族には、法令に基づいた保護費が、毎月支給されていきます。公務員をしている知人の中にも、親族に生活保護受給者はいますよ。いやむしろ、公務員をしているような人が親族にいれば、ことと次第では親族が生活保護を勧めることだってあります。本人が求めるかどうか以前に、状況を見た福祉担当職員が、生活保護の受給を勧めることだってあります。

この問題について、思うところはいろいろありますが・・・。

インタビューをした××ラジオ代表の大宮太郎氏とたまき氏夫妻によると、尾沢氏はこの後しばらくの間、言葉を詰まらせ、眼鏡の奥にハンカチを当てていたという。

引継業務　1989（平成元）年2月下旬　くすのき学園事務室にて

くすのき学園次期園長になることが理事会で内定している梶川弘光元児童指導員は、理事会の退職勧告に応じた青山智正現園長と稲田健一新理事長との協議の結果、数日後にくすのき学園を訪れることとなった。児童指導員時代はスラックスにポロシャツの、いかにもゴルフに行こうとする大企業のエリートサラリーマンのような服装で仕事をすることが多かった彼だが、この日は、新たに仕立てた背広にネクタイをウインザーノットで決め、新品のカフスボタンもつけ、1か月前に即金で買替えた新車の国産高級車を自ら運転し、くすのき学園を訪れた。鉄筋の園舎はすでに築30年近くになり、老朽化が目立つ。木造園舎に至っては、ほとんど使わなくなって久しいまま。一応、一部を職員の住込み住居と当直室、それから年長児童の個室などにして活用しているが、近くのアパートに住んで通勤したほうがよほどましという保母も、近年ではちらちら目立つようになっていた。かつてこの施設で5年間児童指導員をしていた彼は、後に移籍したよつ葉園のように、この地を大きく変えていかない限り未来はないと思っている。彼が園長就任に際して最初につけた条件は、職員の待遇、特に給与体系を、よつ葉園並にすることであった。それはすでに、理事会で満場一致で承認されている。ここは岡山市西部の住宅地。くすのき学園は、ここで生き抜かねばならない。新たな地で挑戦ができたよつ葉園のようにはいかない。

「それにしても、くすのきの建物、ボロさに磨きがかかったなぁ・・・」

身だしなみに磨きをかけた彼は駐車場にクルマを停め、鉄筋の建物内の事務室へと向かった。初対面の女性事務員に案内され、応接室でしばらく待った。

「しかし、あのオッサン、何が園長室で取込中じゃ。最初から愛想ないのう・・・」

養護施設くすのき学園の児童指導員として勤めていた頃、彼は児童相談所の所長。子どもたちに対する見識は必ずしも悪くはなかったが、言っていることとやっていることに幾分の差が見受けられた。彼の立場を考えれば一概に責められないが、どうも、いい感情が持てなかった。それは相手もそうだったようで、彼らの「不仲」というのは、近隣の福祉関係者間では有名であった。結局、児童相談所の定年退職を機に稲田元園長（現理事長）に代わって園長に就任したと同時に梶川氏は退職し、少し間をおいてよつ葉園に「移籍」した。若くして園長に就任した大槻和男元児童指導員は、かつての情熱的な若手指導員から改革を断行する若手園長となり、よつ葉園の旧態依然とした「施設」像を徹底的に破壊し、子どもたちを伸び伸びと育てて巣立たせる場所にすべく、血道を注いでいた。彼にももちろん問題点はあった。しかし、この青山智正という人物に比べれば、比べることも失礼なほどしっかりしていたし、梶川指導員自身も、大槻園長のまた別の面を見て学ぶところ大であった。それはともあれ、次期園長がすでにここまで来ているのに、園長室にこもって何をやっているのか知らないが、好かんたらしい男だな。梶川次期園長は、軽い怒りの感情を抑えつつ、応接室で静かに現在の主の登場を待っていた。

くすのき学園の運営法人である社会福祉法人くすのき育成会では、平成になったこの年1月、病床にいた元理事長の妻である前理事長が逝去し、それに伴って元園長でもある創業者夫妻の息子が不正を理由に理事会から「理事解任」という名の「追放」を受けた。前園長の稲田健一氏が代わって理事に招聘され、さらには理事長職を務めることになった。それに伴い、理事を解任された現園長の青山智正氏もまた、先日退職願を稲田理事長に提出し、この3月末をもって園長を退くことが決まっている。

「ああ、遅れて申し訳ない」

やっと、彼はやってきた。その割には、詫びる気持ちはあまり感じられない。ここで喧嘩するのも大人気ないだろうと思い、平静を装って、梶川氏は青山氏と対面した。

稲田理事長に加えてよつ葉園の大槻園長。元上司らから「短気を起こすな」と釘を刺されているし、早速このオッサンにかみつくわけにもなぁ、ブラッシーでもあるまいし。とりあえず、アニメの一休さんじゃないが、怒らない、怒らない・・・。これで行こう。

「先日はどうも。次期園長の梶川弘光です」

「現園長の青山智正です。今日はお呼び立てして申し訳ない。早速、引継業務をしたいと思います。でもその前に、少し、あんたとお話しできたらと思って、な」

「あんた、人を待たせて、どういうつもりなら。何様や、ホンマ」

「元岡山県木っ端役人・青山智正様ですとでも、申せばよろしいか?」

「もうええ、わしゃ、帰るわ。こんなところオサラバじゃ、アホらしい」

いつもならここで、減らず口の一つも叩いてやろうと思う青山園長だが、この期に及んでは、そういうわけにもいかぬと思って、彼を引留めにかかった。

「まあ、待て、梶川君。あんたも洒落ぐらいわかる人や思っとったが、私が絡むと、そういうわけにもいかんことは、わかっておったこととはいえ、申し訳ない」

「人怒らせるだけ怒らせて、何が洒落じゃあ、ボケ！」

「それが大先輩に言う言葉かな、あんた？」

「大先輩なら大先輩らしゅうされたらぁ？」

肩透かし気味の反撃を食らった青山園長は、苦笑しながら何とか抑えた。

「すまん。わしも悪かった。とにかく、仕事じゃ」

「しかし、お互い同じ場所で仕事するのは、これが最初で最後でしょうナ」

「わしもそう思う。というか、そうであって欲しいわ」

減らず口の応酬戦を終えた彼らは、早速、事務的な話に入った。

「梶川君には朗報じゃ。一応、木造園舎の建替えが、去年の理事会で決まっとる。補助も出ることが決まったし。取壊しはこの3月からで、工期はおおむね1年弱。年末ぐらいには何とか完成の見込みでなぁ。どうせあの木造園舎は職員宿舎ぐらいにしか使っとらんし、そこに建替えたら、今のこの園舎も壊して、運動場にでもすればええと思っとる。まあ、子どもの遊び場が一時的に少なくはなるけど、しょうがなかろう」

「そうですかな。何だかんだで、青山さんもよう仕事しておられたのですな。前理事長のばあさん、思い入れは結構じゃが、住みにくいことこの上ないこの建物、後生大事にして改築にもいちいち文句垂れよったけど、よう建替えをする気になったものよ」

「というかなあ、建替え話が進みだしたのも、西坂理事サンが奥澤渡弁護士を理事に連れてきたのがきっかけじゃ。奥澤先生は、子どもの権利にやたら厳しい人じゃからな。もう一つ、バアサマが病床でもう長くないこともあったし、影響力も落ちとったから、何とかやれたというのもある。元園長の息子は、建替には全面的に賛成に回った。ただ、ここぞとばかりに私腹を肥やすような不正を企んで、それが結局奥澤先生に見つかって、身動きとれんようになった。おまえやめとけ言うたが、その場では私にやめときますと言ったものの、結局、私の伺い知らぬところでやっぱりやりよったわ。私までとばっちり食らって、ええ迷惑じゃったでぇ。結局あんたもご存じのとおり、彼は理事長になれるどころか解任されてしまったからね。創業一家は、これで完全に締め出されたわな。私自身は、元理事長夫妻には子どもの頃からお世話になっとったから、息子もできる限りかばってきたが、ああいう形で追い込まれては、もうかばいきれんよ」

梶川氏は、青山園長が絡んだ「あの事件」に話を振った。

「でも、青山さん、あんた、「あの事件」はなかろうがぁ・・・。確かに、どんな理由があっても、自ら死を選ぶのは卑怯じゃ。でもなぁ、そういう方向に行かせる人が、どこにありますかな？　まして、中学生とはいえ、まだ子どもじゃろぅ?」

青山氏は、平静を装いつつ答えた。

「確かに、今思えば、わしも悪かった。何じゃ、あの子が盗んでもない物を盗んだかのように言ってしまったわけじゃから。確かに彼、スーパーなんかで度々万引きしては、友人にそれを売ったりしていたこともあるが、あの件に限っては、彼は絡んでいなかった。そこで死ぬ気でアピールされたうえに、新聞なんかであそこまで叩かれては仕方ない。親族のところに引取ってもらったよ。今は元気にしておるようで、何よりじゃ。それで、うちの様子じゃが、職員が大声で指示して子どもらを従わせようとする傾向は、まだ抜けきれとるとは言えん。いっそ、今までどおりやった方が楽だと思うこともあったが、それじゃ駄目だと思って、群れさせることを極力やめる方向に向けた。特に中高生の男子は。ただ、そうしてしまうと、それまでの反動で、わっとみんなが好き放題に動き出しかねんわなぁ。それが怖くて、なかなかそういう方向には舵を切り切れていない。その点よつ葉園の大槻君は、腹が座っとるなぁ。もともとそういう方向に行く要素の強い施設じゃが、彼はさすがよ。ただ、尾沢君と先日会って話した時、彼、施設内の人間関係がどんどん希薄になってきたって言っとった。その感覚、わしにはようわかる。うちは大舎制のままじゃけど、それでも、みんなで何かをするという感覚が、児童らも職員らにも薄れてきた。稲田先生から園長職を引継いだときは、その傾向を少しでも押しとどめたいと思ったけど、これに抗うのはかなり無理があるなと、わしは思った・・・」

梶川氏は、よつ葉園の指導員時代の出来事を思い出していた。くすのき学園から「移籍」した当時のよつ葉園は、中高生を職員側で締め付けず、のびのびと好きなように行動させていた。その勢いは、年を追うごとに強まっていった。その分、尾沢氏が言ったように、人間関係が「希薄」になっていったというのは、否定できない側面もある。

「そうですか。青山さんでさえも、無理かなぁ・・・。この時代に抗うのは」

「まあな。わしは、今思うに、今回のあの事件がきっかけで解任されて、本当に良かった。ほっとした。わしも今年で68歳になるからね。もう、引退じゃ。ぼけぇーっと暮らして、早いところこの世からオサラバするのも悪くないいな。大した趣味もないし」

青山氏のその言葉を、意外にも、梶川氏はたしなめた。

「待たれぇ。そんな情けないこと、言いなさんな。趣味がないなら、見つけなさいよ。今からでも遅くない。酒飲んで歌うでも、よろしかろう。いつぞやの飲み会のとき、あんた、北国の春、歌っとったでしょ、上手かったで。そうそう、カラオケ喫茶、昼間からやっとるでしょう。そういうところ行って歌えば、夜の街で大金はたいて大酒を飲まなくても済むし、同世代の知合いもできて、生き甲斐もできますで。何なら稲田さんみたいに、本でも書いて見られたらどう？　私の悪口、期待していますよ。今から楽しみですわ。天敵たる指導員梶川某は生意気にも云々、って調子で、ぜひどうぞ」

「あんたの悪口なんか書いても、本は売れんし、わしの値打ちも下がるわい。よりにもよって梶川某なんか引合いに出して、これ以上下げようもない値打ちをわざわざ自分から下げてもしょうがなかろうがなぁ。勘弁してえ（苦笑）。大体、わしは稲田大先生みたいに文才なんか、ないしなぁ・・・」

「本はまあともかく、とりあえずこの3月まで引継で私が度々来るから、まずはいっちょう、天敵の私をやっつける気で仕事されたら、えぇのと、違いますか？」

「それはそうじゃが、その後が、なぁ・・・」

「その後も、何とかなるわ。どうせあんた、くすのき学園の近くにお住まいじゃから、私が度々、見回りと称して伺いますよ。私の悪口の一つも言えば、元気も出ましょう」

「いやぁ、それは勘弁してよ。酒飲んでカラオケでも歌うようにするわ」

「悪いことは言わん。飲みすぎんためには、昼間のカラオケ喫茶のほうが、ええわな」

「その方が、ええ・・・じゃろナ」

ひとしきり雑談を終えた彼らは、園長室に移動し、引継業務に入った。

彼らがこうして面と向かって「同じ職場」で仕事をするのは、これが最初だった。そして3月末まで、彼らは何度か、このくすのき学園でともに「仕事」した。引継は、稲田理事長が心配していたほどの問題は起きず、終始和やかな雰囲気で行われた。

3月末日、青山智正園長はくすのき学園長を無事退任した。他の職員や子どもたちの前で、梶川弘光新園長もあいさつした。彼らがこうして子どもたちの前に並んで紹介されたのは、この日が最初で最後だった。青山氏は、翌日から悠々自適の生活に入った。カラオケ喫茶で一日に何曲か歌うのが彼の趣味、というより「生きがい」となった。程なくカラオケ仲間もできた。さらに青山氏には、新たな生き甲斐ができた。梶川園長の推薦で、地域の連合町内会の役員にも推された。元岡山県職員の彼には、適任の仕事だった。

関係者筋から「天敵同士」としてずっと見られていた梶川氏と青山氏だが、この2か月間の引継業務をきっかけに、少しはわかりあえたようである。

退職勧奨

1996（平成8）年2月下旬　よつ葉園事務室にて

「古村君、ちょっと、いいかな」

ある平日の昼過ぎ、大槻園長は、古村事務長に声をかけた。今日は、若い女性事務員が私用のため有給休暇を取得しているので、事務室は古村事務長だけである。

「ちょうど他に誰もいないから、今あんたに、言っておきたいことがある。それはそうと、あんたは、うちで児童指導員をする気は、ないと言っておられたね？」

「ええ。児童を直接相手にする職務は、御勘弁願います」

「そうか・・・。それでは、仕方ないな。別に事務の仕事を貶めるようなことを言う気はないが、うちは、このところの少子化の影響で経営が苦しくなっていてなぁ、専従の男性事務長までは雇いきれないところまで来たところじゃ。せっかく長く来ていただいとることもあるから、あんたにはぜひ、子ども相手の仕事も兼ねてやって欲しいと、思っておった。正直、山崎君と尾沢君の2人だけでは、完全に回しきれとらん。もう一人は男性の児童指導員が欲しいが、来年度も、採用のめどが立ってない。第一、児童の入所がごそっと増えて経営がV字回復というのも当面期待できそうにない。うちみたいな中小零細「企業」は、社員が職務を兼務するぐらいで回していかんと、とてもじゃないが、仕事が回らん。バブルがはじけてこの方、ジャガーズクラブのわしの知合いのところはみんな、そのくらいして会社をようやく維持しているご時世じゃからなぁ・・・」

大槻園長は、少し間をおいて、古村事務長に言い渡した。

「そういうことなら、しょうがない。古村君は経理のプロでもあるし、営業マンとしても東京で実績のあった人じゃ。こんなところで子ども相手なんかするより、それなりの仕事に就いた方が余程生き生きと働けるのではないかと、私はかねて思っとった。そこでなぁあんた、来年の6月末までは、決算もあるし、もちろんうちにおっていただきたいが、その後については、何か、別の仕事を探していただいた方がええと、思っております。その頃までなら、うちの経営がどんなに悪化しても、今の基準で退職金も払える。むしろ、いくらか割増してあげてもいい。その間に、次の仕事を探していただきたい」

要は、体のいい「退職勧奨」だな。古村事務長は、そう感じた。

古村事務長をこのよつ葉園に連れてきたのは、今は亡き前園長の東氏である。氏はよつ葉園に来る前は、小学校の校長だった。古村少年は、東校長の勤めていた小学校の児童だった。彼の家はさほど裕福ではなかった。中学を出て働くことも考えていたが、せめて今の時代、高校だけは行っておきなさいと言われ、猛勉強して公立の商業高校に進学した。その後押しをしてくれたのが、小学時代の恩師だった東航元校長だった。東先生のアドバイスを受け、高校時代には簿記などの資格も取りまくった。おかげで、高校卒業時にはそれなりの企業に就職できた。岡山市が本社の企業だったが、20歳のとき東京勤務を命じられ、これ幸いと東京で水を得た魚のように日々楽しく都会暮らしを満喫していた。営業成績はそれなりで、罵声を浴びるほどのことも、特に表彰されるほどのこともなかった。

東京に住んで数年後、本社の岡山から少しばかり反りの合わない上司が東京営業所長として赴任してきた。ところがその所長もなぜか、小学校は違うが東園長の教員時代の教え子で、東園長は所長の元担任教諭だった。赴任後2か月ほどでそれがわかって後は、その所長との関係は一気によくなった。彼のもとで営業に励んで1年が過ぎようとした頃、共通の教師の教え子の先輩である所長を通して、東園長から声をかけられた。そろそろ、岡山に戻って身を固めたらどうかという。加えて、養護施設の事務員という仕事がある。なんと、東元校長が園長を務めているというではないか。恩師の求めと先輩の勧めに応じて岡山に戻ってきた彼は、１９８０年1月、よつ葉園に事務員として就職した。それから1年半、大正生まれの玉柏英子事務員から、児童福祉施設特有の経理などを学びつつ、津島町から郊外の丘の上への移転に関わる事務を精力的にこなした。

今でこそ採用条件に自動車運転免許の所持を明記される時代だが、当時は、自動車運転免許を保母たちの半数近くが持っていなかった。もっとも、市街地に程近い津島町にいる限り、運転免許などなくても十分暮らせたから、必要性がなかったといえばなかった。仮にあったとしても駐車場の問題があるから、そんなもので職場に来られても困るというのが、正直なところ。運転免許を当時持っていたのは、クルマ好きで自動車屋を興したいとさえ思っていたほどの大槻指導員と、就職2年目の尾沢康男指導員、それに何人かの郡部や郊外出身の保母たち。古村氏に関しては、就職前に既に運転免許を取得していたし、東京では営業車で出かけることもよくあった。よつ葉園にとっては、願ってもない人材だった。

事務方には大正生れで定年後も継続して勤務していた玉柏事務員しかいなかった折、よつ葉園の事務機能は、彼のおかげで格段にアップした。移転とともに、６０歳になっていた玉柏事務員は、ついに退職した。古村事務員は移転と同時に事務長に就任し、経理だの行政関連文書の作成だの、よつ葉園の事務を一手に引受けた。

養護施設は子ども相手の仕事なので、日曜日が休みになる職場ではない。だが、事務長の彼に関しては、原則として日曜・祭日と土曜日の午後は休み。後に週休2日制が普及した後は、土日祝日が休みとなった。繁忙期以外は、さほど残業もなかった。営業マンの時代、そんなふうに休みが取れることはなかっただけに、これは彼にとって、実にありがたいことだった。今どきならまだしも、銀行の営業していない日曜・祭日は、支払や入金確認の記帳にもいけない（現在なら記帳は可能だが）から、来てみてもしょうがない。その代わり、平日は毎日、彼は時間を見てはよつ葉園がとある募金からの寄付で得た「ふれあい号」と銘打たれたダイハツのシャルマン・公用の自家用車で、銀行まで記帳に行った。

彼一人で行うにはあまりに事務量が過多だということで、高校を卒業して間もない安田智子事務員を採用し、彼女にその補助をさせることになった。彼女は4月までに採用が決まっていたが、運転免許を取得してもらう必要があったのと、移転のためのごたごたを避けるためもあって、彼女の「勤務」は移転後の6月からとなった。当時は児童数も多く移転直後でもあったので、安田事務員のサポートなくして彼の仕事は到底回りえなかった。加えて、移転後の東園長のよつ葉園までの送迎は、彼の役割になった。家の方向が同じであること、それに加え、東園長が高齢で、そもそも運転免許など取得したことさえなかったからというのもある。「運転手」の仕事は約1年弱続いた。その後東氏は園長職を退き、そのまま理事長に就任した。来園は今の大槻理事長ほどの回数はなく、実質的には名誉職だった。来園時には、引続き古村事務長が運転手を務めた。

1987年3月下旬、東航元園長が死去した。日露戦争後、国策で鉄道国有化がなされた年に生まれた老教師は、国鉄の分割・民営化を目前にして、この世を去っていった。

東理事長亡き後、大槻園長と古村事務長の関係における「ズレ」の幅は大きくなった。古村氏の妻もまた、夫が児童指導員として子どもたちと関わることには賛成しなかった。自分たちの子どもがまだ学校に行っている大事な時期に、他の子どもたちの世話、それも「生活」を共にすることを仕事としてやらされるのは、たまったものではなかった。彼女もまた東元園長が小学校長時代の教え子で、古村氏と同学年で同じ学校に通っていた。東元園長が死去した後、よつ葉園での夫の立場が危うくなることを、かねて心配していた。

元所長は、その頃にはすでに会社を辞めて自らの不動産会社の経営に専念していた。彼は、古村氏が退職の勧奨を受けたことを聞くと、早速、退職前後の作戦を授けた。

1996年10月。職員の研修を兼ねて、古村武志事務長と山崎良三児童指導員は、愛媛県に2泊3日の出張旅行に出向いた。業務上の内容については、ここでは述べない。

山崎指導員は1985年にくすのき学園から「移籍」して、このよつ葉園で児童指導員として勤めていた。古村氏とは、最初のうちこそいさかいもあったようだが、他の職員と距離を置きがちな古村氏とも、山崎氏はうまくコミュニケーションを取っていた。大槻園長の運営方針に対する批判的な立ち位置に、二人ともいたということもある。

会議を終えて、道後温泉近くの宿泊先の旅館で、彼らは夕食をともにした。

旅館の料理に舌鼓を打ちつつ、瓶ビールを何本も飲んで、話が大いに弾んでいた。

「山崎さん、あんたも最近、大槻から、ええ目で見られてないなぁ。尾沢さんはまだ、生え抜きというのがあるからそこまでひどくもないが、彼も、大槻のやり方には違和感を持っているようじゃ・・・」

「いやあ、古村さん、大槻はしかし、良くも悪くも、きつい御仁ですなぁ・・・」

「うん、それは確かにその通り。あの御仁、ジャガーズクラブに行き始めて、かなり変わったように思わんかな？　私には、悪いほうばかり目に付いてたまらん。東のじいさんがおったときはまだよかったよ、あなたがくすのき学園におられた頃は、な。大槻は副園長格でバリバリやっとったし、あんたや梶川さんのような他施設の若手指導員から、あこがれの目でさえ見られていた。確かに、言うことは筋がビシッと通っておるし、言うだけのことはあって、やることもなかなかだった。いっつも、子どもらと元気に遊んで、熱心に向き合っておった。なかなかあれは、できることじゃない。東のじいさんも若い頃はあんな感じだったようじゃ。私が小学生の頃は校長だったけど、子どもらには結構、人気あったで。気さくな、それでいて威厳のあるおじいちゃん先生だった。前の職場の東京の所長さんなんかは、教員時代の教え子だったけど、話を聞くと確かに、大槻の若い頃とよく似ていて、熱血先生だったみたいじゃ。しかし、大槻の御仁はちょっとなぁ、根回ししながら、ワンマンさをもって強引にでもまとめていく手法、私とは在籍が重ならなかったけど、高尾さんという滋賀県出身の指導員さんは、かなり批判的だったようじゃ」

「まあ、高尾さんはしっかりされた方ですから、そりゃあ、批判もされるでしょう。高尾さんは別格としても、少なくとも、私や梶さんには、立派な先輩でしたよ」

「でもなぁ、山崎さん、あの御仁、園長になってから、変わったなぁ・・・」

「いやぁ、目に見えて、下位代行させて保身に走るような言動が増えましたね」

「まあ、立場上そうしないといかんところもあろうから、一概には責められんけど、どうも、若い頃のイメージとのギャップ、第三者の目で見ていても感じるわな。そうそう、津島町からの移転、年度末から2か月ほど遅れたろう、何か聞かれてないかな?」

「私はくすのき学園にいたから詳しくは聞かされてなかったけど、どうも、園長交代を早めるために、あえて、かれこれと陰で「仕掛けた」とか何とか・・・」

「それね、移転時期を年度末からあえて遅らせることで、自分のリスクというか、責任を負わされる要素を極力回避するためでね。東園長をおおむね1年弱、私を使って通勤させたわけよ。そりゃああんた、東はあのときもう70を超えとったし、通勤でも、あまりに距離がある場所だからな、しんどいよ。そもそも、園長室を作ってそっちで園長事務をするようにしたのは、東をそっちに追いやって、自分が事務所で他の職員を仕切ろうとしたって話もある。私は事務方でしょ、東は園長。私ら2人が事務所で一緒におられたら、大槻にしてみれば、やりにくいことこの上ない。津島町のときは、事務室の一番窓側に東園長のデスクがあって、園長室は特に使っていなかった。でも、あの移転をきっかけにして、園長室を日常的に使う形に変えた。それは将来、自分がそこに入り込むことを見越していたわけじゃが、それまでのように事務室で部下と一緒に仕事をするスタイルが、大槻には気に入らなかったのでしょうよ。なんせ、プライドの高い御仁だからね」

「確かにね。大槻は園長に就任してからこの方ずっと、社会性のない者が子どもを社会に放り出すような真似をし続けたツケは、わしが園長をしとる間にすべて払しょくする、ってねぇ、事あるごとに言っておりますがナ」

「まあ、社会性は確かに大事じゃ、思うよ、私も。正直なぁ、山崎さん、養護施設の職員いうのは、私が見ていても、世間ずれというか、きれいごとがいささか多いような印象を受けておった。そのくせ、真に実効性のある対応ができん・・・。O大に現役で行ったZがおったでしょう、彼なんか、そこを厳しく批判しとったが、そりゃ、無理もない。でも、彼にはよかろうが、それが皆にいつでも通用するわけじゃなかろうになぁ。それにしても、大槻は、彼が卒園してから、かなり変わったな、良くも悪くも・・・」

「ですよね。ジャガーズクラブに行きだしてこの方、中小企業の社長やら大企業の管理職やら、弁護士やら会計士やら税理士やら司法書士やら、大槻がそういう人らとの付合いを激増させたおかげで、寄付も今まで以上に集まって、よつ葉園はよくなった側面もあるけど、なんか、変な意味で「民間企業」みたいになってきていますねぇ・・・」

「そうじゃなぁ。私が東京で営業の仕事しとった頃は、正直、このよつ葉園よりはるかに厳しい環境だった。じゃけど、養護施設という場所に、そんな民間企業の基準を持込むのは、正直どうかと思うで。養護施設に勤める職員には、民間企業の社員のような危機感がまったくと言っていいほどない。山崎さんには悪いけど、それは確かじゃ。でもなぁ、実績を上げてその質をさらに高めろとか、どっかの中学受験塾みたいなことを言い出されたアカツキには、ちょっと、違うぞって、思い出したな、私も・・・」

「Zのいた頃は、まだ、昔ながらの牧歌的なところがありましたよね。彼は、そういう雰囲気を心底から嫌っていましたけど・・・」

「うん、彼はそれでええ。でも、よつ葉園全体の運営に、彼に対応すべき論理を持込むのは、違うと思う。尾沢さんはZ相手に、それこそあんたの言う「牧歌的」なというか、そういう言動が多かったな。家庭を見るべきだとか、Z家がどうだとか。彼は、そんなもの一切相手にせずに、自分の道を切り開いていったよね。あれは確かに立派だ。大槻は、Zの足を引っ張るような言動をする尾沢君や元保母らのような人間を、あの頃から嫌い始めていたなぁ・・・。そうそう、山上さんが久しぶりに来られたでしょ、先日」

「ええ。大槻と何やら話していたようですね」

「園長室で30分ほど話しておられて、そのとき、お茶を出しに行ってくれた橋田さんが、私にあとで、言っておってね、山上さんが、子どもらと一緒に元気よく遊んで暮らす大槻指導員に戻って欲しい、子どもたちが子どもらしく過ごしとったよつ葉園が懐かしいなんて言う山上さんに、大槻は、そんなくだらん郷愁論を述べられても困る、ってね。橋田さん、あまり話を聞いたわけではなかったけど、「くだらん郷愁論」って言葉だけは、妙に印象に残った、ってねぇ。山上さんにしてみれば、自分の人生を全否定されたようなものだからね。自分の生きていた時代まで刃にかけられたような気持ちもあったろう」

「確かに。でも、大槻にしてみれば、山上さんのような昔ながらの理念にどっぷりつかった児童福祉をやっとったから、Zに対して必要な支援ができんかったわけですな。Zに恨まれるのはこの際仕方ないにしても、これから先同じことをやっとったら、自分はZあたりに外から思いっきり叩かれかねん、そんな無様な仕事だけはするかと、まさに「転んでもただでは起きない」ではないが、今の仕事ぶりは、彼の人生観そのものですよ」

時計の針は8時を指している。午後8時＝20時といえば、まだ宵の口。彼らは食事を終え、仲居さんたちに後片付けをしてもらい、その間、旅館の風呂に入り直した。

風呂を出て、また、飲みなおそうということになった。

「それにしても、山崎さん、あんたも、気を付けたほうがええ」

「何を?」

「大槻じゃ。あの御仁の本質は、私がこれまで述べた通りだよ。東のじいさんも、大槻にうまいこと祭り上げられて、葬られたようなものだからね。梶川さんは、その辺の本質がわかって、うまいことよつ葉園を去っていったけど、あれでホンマ、正解じゃ」

「まあ、梶さんは、実家に資産がありますから、そういうこともできましたわな。くすのき学園に呼ばれて園長になって6年ほどで園長を退任して、老人福祉の道に進んでおられてですけど、あの人は、余裕をもって仕事ができますから。しかも、人脈も広いしね。その点私らは、家族を養うのに精一杯ですからねぇ・・・、ああは行きません」

「確かに。でもな、山崎さん、あなたはいいよ。T商工大を出とるから。私なんか高卒だからね。この歳になって再就職といっても、そこらは大きな差になるのよ・・・」

学歴の話はちょっと・・・。そう思った山崎指導員は、論点を少しずらした。

「どうです、古村さん、養護施設で事務員をされてみて?」

「民間企業がすべていいとは思わんけど、特殊な社会じゃ、ホンマに」

「そうですか・・・。転職先に、福祉施設なんかは・・・?」

古村氏は、苦笑しながら答えた。

「もうええ、勘弁してほしいよ。ところで、山崎さんは、どうかな?」

「梶さんが言うには、児童福祉は40歳まで。福祉を続けるなら、管理者になるか、老人福祉の道に行くか。子どもも相手は若いうちじゃなきゃできんわな、って、ね」

「あの人らしい言い方だね。O大にうちから初めて大学に行ったZ君だが、別に大槻と血のつながりはないけど、考え方というか人生観、大槻と似てないかな？　息子さんら以上に、大槻の息子のような要素を持っているように思うがなぁ・・・」

「そう言われてみれば、かなり似ていますね。どちらも負けず嫌いで、転んでもただでは起きる人間じゃない。しかも、敵対者には苛烈に当たる。二人とも正面切っては言わないですけど、どこか「坊主憎けりゃ袈裟まで」を地で行くような言動が目立ちますわな」

「私も、そう思う。確かに、あれぐらいじゃないと、社会を渡っていけないのかもしれん。きれいごとなどクソの役にも立たん。それは、わかる。でもなぁ・・・」

彼らは風呂に入りなおした後、コンビニで買ってきた酒と肴を出汁に遅くまで飲み、語り合った。翌日もまた、所用の後、夜遅くまで話し込んだ。今度は近くの居酒屋で。

幸い、児童福祉関係者も地元の人もいない地なので、話は大いに盛り上がった。

「山崎さん、わしは来年6月で辞めるが、次に狙われるのは間違いなく、あなただ。気をつけなさいよ。大槻は、必ずどこかで、あなたに対してしかるべき手を打ってくる」

松山からの帰り、二人は瀬戸大橋を渡って岡山までの気動車特急「しおかぜ」に乗った。かつて大槻和男青年が大阪から岡山に帰ってきたときの特急列車も「しおかぜ」だった。名前は一緒だが、この2本の列車の接点は、彼らの乗った列車の終着駅でもある「岡山」だけである。予讃線は新幹線開業前の山陽本線ほどの乗客数がないこともあるが、今どきの列車には「食堂車」などない。松山駅のキオスクで缶ビールとつまみを買い、列車の座席で飲みながら、古村事務長は山崎指導員に、しみじみと言った。

「明日は我が身、ですか・・・」

「そういうことじゃな」

翌年6月末、古村事務長は大槻園長の「退職勧奨」に応じ、よつ葉園を去っていった。その後は岡山市内にある先輩の興した不動産会社で経理部長兼営業部長をしていたが、その先輩が自分の息子に代表職を譲ったことを機に、彼とともにその職場を退いた。

今は、地域活動などに忙しい毎日を送っているという。

対立軸・人間性と社会性

199X（平成X）年5月下旬　よつ葉園にて

この年4月半ばより休職し、1か月以上にわたって入院していた山崎良三指導員が、およそ2か月近くぶりによつ葉園を訪れた。昼食を終え、保育室は昼寝の時間。小学生以上の子どもたちは学校に行っており、まだ帰ってくる時間ではない。短大卒業後新卒で就職して3年目になる片岡麻美事務員が、園長室に山崎氏を案内した。彼の来訪は、大槻園長にも話が入っている。大槻園長は、事務机に向かって案件の決済をしていた。その日の未決案件は、それまでにほぼ既決のトレイに移されていた。山崎氏が入室したときには、その日決済すべき最後の案件を、ちょうど処理して既決トレイに移動させた時だった。ドアから、エアコンの冷気が漏れてくる。数年前、事務所のあるこの管理棟には、エアコンを設置した。子どもたちの住む園舎にも、今年のうちにエアコンを設置予定である。

片岡事務員は、ドアを閉めて事務室に戻っていった。山崎氏は、大槻園長のデスクの前に進み、立ったまま話しかけた。

「園長、御無沙汰しています。昨日でようやく退院できました。しかしながら、一身上の事情によりまして、この6月末をもって、よつ葉園を退職させていただきます」

彼は、カバンから封筒を取出し、大槻園長に手渡した。大槻園長は、その封筒を黙って受取り、封入されていない封筒の中から、便箋を取出して、文書の内容を確認した。確認は、すぐに終った。その中身は、「退職届」だった。

「ああ、あんたの状況はわかっておるよ。奥さんから、お手紙をいただいている」

「そうですか・・・。15年近くにわたり、長い間、お世話になりました」

大槻園長は、少し間をおいて、山崎氏の礼に答えた。

「あんたとも長い付合いじゃったな。とりあえず、6月で残っとる有給休暇をすべて消化して、あとは休むということで、よろしいな。これでボーナスも出せるし、退職金もそれなりにあるから、当面の生活に困ることもなかろう」

「ありがとうございます。くすのき学園にいたままなら、家も買えなかったし、家族を養うに養えないままでした」

「うちは職員の給料についてはきちんとした体系を以前より作っておったからな。しかし、あんたの子どもさんも上が高校生と中学生、これからじゃないか。頑張らにゃあいけんな。ともあれ山崎君、体には気をつけなさいよ。食べ過ぎや飲み過ぎ、特にあんたの場合、食べ過ぎがいかん。それでは、長い間ご苦労様でした。ボーナスや退職金の明細は、帰りに片岡さんから受取ってくれるかな。金額が違うようなら、支払日までに片岡さんに連絡して訂正を願い出て欲しい。それじゃあ、な」

「失礼いたします」

園長室のドアを閉め、片岡事務員から封筒入りの明細書を受取り、山崎良三児童指導員は、長年勤めたよつ葉園を去った。山崎氏は、以前勤めていたくすのき学園から「移籍」してきて14年2か月。以前より仕事にやりがいがあった。失敗もあったが、それを上回る「成果」も挙げられた。もっともそれは、大槻園長が認めるそれとは、微妙に、しかし大きくずれる側面があったのだ。というのも、山崎氏と大槻氏が同じ職場でやっていけない、仮に当面は何とかなったとしてもいずれそうはいかなくなるという決定的な兆候が、山崎氏がくすのき学園からよつ葉園に「移籍」してきたときから、実は、あった。

阪神が21年ぶりに優勝（日本一は1リーグ以来の38年ぶり）した年の春。この頃、園舎はもとより、管理棟の事務室や園長室などにさえ、よつ葉園にはまだ冷暖房設備はなかった。よつ葉園に出勤してきた初日の朝礼の後、山崎氏は、園長室に呼ばれた。

梶川指導員が早晩退職の意向を示していること、高校受験に失敗したZという学力の極めて高い児童がいて、それを指導しきれていないこと、それに象徴されるよつ葉園の課題というのはどんなところで、自分が園長就任後3年にわたってどんな取組を行ってきて、それが今どの程度のところまで実を結び、そして結びつつあるのかを聞かされた。何といっても、終戦直後から38年にわたって勤め上げた山上敬子という保母を、この春の定年を機にお引取り願ったこと、これを機会に、さらにこの施設を改革していかなければならず、そのために山崎君の力が必要なのであると、大槻園長は話した。

かねて梶川指導員から聞いていたとはいえ、外から見ていた情熱的で先駆的な取組をする児童指導員の大槻氏と、内側に入ってしかも上司としてこれから対峙していく園長の大槻氏とのギャップを、否応なく感じた。これから彼が付合うのは、若い頃の大槻指導員ではなく、このよつ葉園という組織を率いている大槻園長なのだ。

「ところで、山崎君、児童福祉の仕事で、一番大事なことは何だと思うかね?」

大槻園長は、正面切った質問をしてきた。くすのき学園時代、職員会議や飲み会、さまざまな場面を通して、山崎氏は、そのような質問を受けたことがなかった。

彼は、自分の思うところを、少し間をおいて、答えた。

「それは、人間性ではないでしょうか?」

山崎指導員は、「人間としてよければ」という言葉を使って子どもたちを指導するようなことはなかった。何より、そのような無責任な言葉で自分らの指導不足などをごまかす職員の言動に辟易していた。

ところがこの「人間性」という言葉、数値化はもとより、はっきりと目に見える形で成果の現れるものではない。だからこそ大事なのだといえばそうなのだが、そういう言葉の常として、ごまかしの手法に使う者が多いのも確かだ。自分の能力に自信がないからそのような言葉を使うのだという人もいるが、それも、確かに当たっている。山崎氏は、その言葉の欺瞞性も馬鹿馬鹿しさも、十分把握していた。

山崎指導員の言葉に、大槻園長は返答した。それは、山崎氏にとっては意外どころか、うすら寒ささえ感じさせられるものだった。まだ冷房を入れる時期ではなかった。園長室の窓も、開いてはいなかった。まだ4月初旬。足元はまだ、底冷えがする時期だ。

「何を甘いことを言っているのか。私はね、児童福祉の世界に必要なものは、社会性であると思っている。将来しっかり働いて税金を払える人材を送り出していくことが、児童福祉で最も必要なことじゃ。くすのき学園ではどうだったか知らないが、よつ葉園では、人間としてよければとか、そんな甘っちょろいことを言っておっては務まらんぞ！」


その後の会話については、両者とも覚えていない。程なく話は終わり、山崎指導員は園長室を後にした。園長室には、大槻園長が一人。事務机の前の肘掛椅子に座っていた。

東北や九州、それに、岡山県内でも県北のほうでは、中学を卒業してすぐの少年少女たちが集団就職列車で東京や大阪の大都市圏へと働きに出されていた時代。よつ葉園は少しでも優秀な子は高校へ進学させ、あるいは職業訓練校に通わせ、仕事をするにしても、しばらくの間よつ葉園から通わせるという取組をしてきた。それは、彼の遠縁にあたる森川一郎元園長の方針であった。今でいう「自立援助ホーム」によく似た取組も、この施設は昭和の時代すでに取組んでいた。彼はよつ葉園の子どもたちの卒園後も、ひとりひとりに優しく、そして時には厳しく、愛情をもって、彼（彼女）らが社会に巣立って生きていく姿を見守っていた。

大槻現園長は何も、森川元園長の方針を否定しているわけではない。むしろ、その姿勢をこの時代に合わせて、今の子どもたち一人一人により一層合せた指導をすることで運営していこうとしていた。このよつ葉園を日本一立派な養護施設にしたい。そんな思いを、彼は強く持っていた。その一方、目の前にいる職員たちの意識は、彼が思うほど高くなっておらず、「笛吹けども踊らず」という言葉を地で行く状況に思えていた。彼の理想を理解はできても、それを具体化していけるだけの「人材」は、当時のよつ葉園にはお世辞にも多いとは言えなかった。山崎指導員にくすのき学園からよつ葉園に移籍してきてもらうことで、大槻園長は、自らの思いをさらに実現していける目途を立てたかった。その彼が、選りにもよって「人間性」などというものを児童福祉の世界で大事なものとして挙げてきたことに、こんなことで大丈夫なのだろうかという思いを抱いた。もっとも、それと同時に、彼の言う「人間性」という言葉が、他の職員らが子どもたちを指導する際に何気なく使っている、

「学歴がなくても（ここはいろいろな言葉が入る）、人間としてよければ・・・」

などといった「論法」と同列のものとも思えなかった。山崎氏の述べる「人間性」というものは、そんなレベルの言葉ではない。そのことに、大槻氏はすでに気づいていた。

「山崎さん、それ、ビンゴですよ、ビンゴ！」

200X年の夏場、よつ葉園で少年期の一部を送った米河清治氏は、山崎良三元児童指導員に対し、叫んだ。よつ葉園で直接の面識があったわけではないのだが、同級生で元園児のZ氏の紹介もあって、彼らは何度か会っていた。この日彼らは、岡山市内のある場所でたまたま会って、喫茶店でコーヒーを飲みながら、山崎氏がよつ葉園に勤めていた頃の話をしていた。米河氏は、山崎氏が数年前に退職された

ことを知っていて、何度かその話をしたこともあるのだが、その日は特に、あの日の園長室の話で盛り上がった。

「米河君、何だ？　その、ビンゴ、って？」

唖然としている山崎氏に、米河氏は、さらに畳みかけた。

「ビンゴです、ビンゴ！　それも、ダブルのトリプルの、そんじょそこらのビンゴじゃありませんよ。ウルトラジャイアントキングコング級のビンゴです！　3年間どころか、15年近く、いや、今に至るまで、それがすべてに影響しているのですよ！」

「それ、あんた、がんばれタブチ君で見たぞ、その言葉」

「ええ、あれです。タブチ君のユニフォームネタです。3年間、それで持たせろ、ってやつですわ。ばれましたか・・・」

「君、いしいひさいちサンに洗脳でもされたのか？」

「そうかもしれません・・・」

彼らはそこで大笑いになったが、やがて、これは何かの本質につながっていると思えたのか、思わず、笑いが止まった。真顔になって、米河氏は言う。

「いやあ、まじめな話、これ、大槻さんと山崎さんの間のその後の関係のすべてを、完全に言い当てているエピソードじゃないですか」

「そういうものかな・・・」

「ええ、そういうものも何も、それ以外の何物でもありません。まさに・・・」

「ウルトラジャイアントキングコング級、じゃな、もうええ、わかった」

再度、両者間に笑いが広がる。山崎氏は、退職に至った経緯を述べた。

「わしは中高生男子の寮の担当をしとったのだが、あるときから、「指導員」であることを、やめようと思った」

「やめたら、退職しなきゃ、あかんでしょ？」

「そういう意味での「やめる」じゃなくて、いかにも児童らを「指導」する「職員」であるという態度をやめる、という意味じゃ。実際それを意図してやって、2年から3年ほど、実にうまく行った。子どもらは実にのびのびして育ってくれたし、あんたの同級生のZ君以来の大学進学者も出せた。橋田さんという、若い、といっても、あんたより4歳ほど年上の保母さんがおってね。彼女は、結構さばけた性格で、中高生の男子の担当には実に向いとった。彼女のおかげで、わしもうまいことやれた。ただ、彼女も30歳を超えて、いつまでも独身でというわけにもいかんわ、実家から結婚しろと言われて、結局、退職された。もっとも、わしについて快く思っとらん保母もおって、その一人に村田というのがおった。これがまあ、あることないこと、大槻に報告するわけよ。さすがの大槻も、たいていは無視しておったが。それよりも、あんたらより1歳下のG君、津島町の頃からおったよな、彼の父親違いの弟、正幸というのが、その村田保母と「できている」のではないかという噂が絶えなかった。正幸が村田保母の住込みの居室に行っていることが多くてなぁ、あれらは、不適切な関係になっているのではないか、そういう話があったけど、幸か不幸か、決定的な証拠までは上がってこなかった。否定されたら、こちらもそれ以上は追及できんわな。彼女は正幸が高校を出て退所する段階で、退職してな。この前、村田さんが子どもと男性を連れて買い物に来ているのをスーパーで見かけて、少し話をしたけど、その男性は、正幸ではなかった。聞けば、彼女の兄だそうで、だとすれば、彼は夫ではない。子どもの顔も見たけど、いささか、正幸に似ているような気もしたがなぁ・・・」

確かに、養護施設の元児童と同世代の保母や女性職員が結婚する例は少なからずあるのだが、在籍期間が重なっていたり、ましてや、担当だった保母と結婚したりするという話は、ないとは言わないが、それほど多くはない。

「あまりいい話じゃないですな。そうそう、くすのき学園の関係者じゃないですけど、奥さんがくすのき学園の出身者だとかいう、弁護士をされている先輩がおりまして、その人の話では、その奥さんのお兄さんが、彼自身の元担当の8歳上の元保母と結婚されたという話を聞いたことがあります。稲田元園長の本でも紹介されていましたね」

「ああ、あの件な。わしはまだその頃くすのき学園に就職してなかったからよくわからんが、結構問題になったらしい。梶川さんはそのこと、よく知っとった。話を聞かされたけど、いかがなものかと思ったぞ、ありゃあ。稲田さんは大正生まれの校長まで務めた元小学校教師で、少し年上の、あんたも知っとる東航元園長同様、かなり堅物な言動をする人ではあった。だが稲田さんのほうは、よくよく付合ってみれば、意外と、さばけたところもあるというか、粋を理解できる人ではあったな。しかも梶川さんをうまいこと使ってなあ。園長時代は新卒の指導員で、理事長になってからは園長に招聘して、あの施設も、子どもらが昔は捨て猫のような目をしとったのが、あの人らの努力で、かなりよくなった。梶さんは老人福祉の仕事で呼ばれてすでに退職しとるし、稲田さんは高齢を理由に理事長職を先日退任されたけど、90近くになる今なお、お元気じゃ」

「それはそうと、いろいろなところで、山崎さんがやる気をなくしているという話、退職される1年ぐらい前からお聞きしましたけど、話を聞けば聞くほど、そりゃ、やる気もなくすわなあ、って思わざるを得なくなりましたよ」

山崎氏は、退職寸前の時期のことを語る。

「その頃の話ね。大槻との対立が、のっぴきならんところまで来とったからなぁ。最後の1年、本当に針のムシロだった。私がどんな提案をしても、おまえなんかにそんなことができるか、といった調子だ。それから彼、あんたらがちょうど大学生ぐらいの頃から、御存じのジャガーズクラブに行きだして、中小企業の経営者なんかと知合いになって、それでやたらに民間企業のやり方とか考えを、よつ葉園の運営や職員の統制にも持込むようになった。うちは公務員並の給与体系を整えとるし、国から金も入ってくるから安泰な職場だと思っとるなら大きな間違いじゃ、措置費という「売上」を活用してそれ相応な成果を挙げなければならん、それができんような職員は給料泥棒だ。そんなことをしきりに言うようになった。あんたは津島町の頃しか知らんかもしれんが、丘の上のほうには、管理棟の上に集会室がある。そこで、ちょくちょく誰かに酒を買いに行かせては、職員で飲み会をしとった。そこでも、ネチネチやられるわけだ、大槻に。酒飲ませて本音を言わせようということじゃが、あれはホンマに苦痛だった。加えて、給食の味付けは子ども向けじゃ。40代に差し掛かったわしらに合うものじゃない。あれで、わしは体を壊したようなところがあって、やめて一時期、ものすごく怒りがわいたこともあったわなぁ・・・」

「よつ葉園は食育に力を入れていると聞いていますし、それは昔からそうでしたけど、職員のほうにまでは、意識が回ってなかった、ってことですか・・・?」

「まあ、良くも悪くも、そうなるわなぁ」

「それで、ついに、退職ですな」

「そうじゃ。あの年は、年明け頃からしきりに言われ出した。来年度は、山崎の居場所はうちにはないで、なんてな。あんたにいつか話したよな、古村さんの話」

「ええ。明日は我が身の、あの話でしょ。覚えていますよ」

「そうそう、ホンマに来たなと思った。それでも、一応4月の新年度は、中高生男子の担当の補佐と、園長付の仕事をすることになっとった。で、恒例の花見、あんたも何度か行ったことがあるようだからわかると思うけど、公道に出るまでの数十メートル間の私道に、桜を植えてあるでしょ、あれ見ながらの花見がこの十数年来の恒例行事になっておってね、新年度を祝って。みんなで、焼肉を食べるわけだ。大槻が、焼肉好きだからね。それで、毎年、焼肉じゃ。その日は、何とかもった。だけどなぁ・・・」

「どうされたのです?」

「その日を境に、私は、よつ葉園に仕事では行っていないのよ。というか、翌日は日曜だったからまだよかったが、月曜の朝、どうにも起きることができずに病院に行ったら、即刻入院を言い渡された。家内がよつ葉園には休む旨、連絡を入れてくれたけどな。そこから2か月弱、病院に入院して、とにかく有休を消化した。けど、もう無理だなと思ってね。それでも、何とか健康も取り戻せて、退院できた。あんた、いつか言っていたよね」

「ええ。しかしながら、よく、その程度の犠牲で済みましたね。お聞きしていて、それしか言葉が出ませんよ。でもね、山崎さん、私、ふと思いましてねぇ・・・」

米河氏は、意外といえば意外なことを口にした。

「あのビンゴ事件、結局、大槻さんと山崎さんのお二人のその後の関係のすべてを象徴していますよ。しかも、それだけじゃありません」

「それだけじゃない、とは?」

何を言いたいのだろう、彼は。山崎氏は米河氏の顔を見た。ギャグともマジともつかぬ言葉を駆使する彼だが、表情は、まじめそのものだった。

「その後にもきちんと、相手に対する言葉が、よつ葉園の仕事の上だけでなく、それぞれの人生にも影響を与えていますよ。山崎さんは「人間性」が大事とおっしゃった。大槻さんはそれを否定され、「社会性」が重要とおっしゃった。話は、そこからですね」

「ほうほう、そこから?」

「確かによつ葉園在職中、山崎さんは、大槻さんのおっしゃる「社会性」という言葉に押されまくった。無能呼ばわりどころか、最後は「給料泥棒」呼ばわりまでされた。しかし、よつ葉園を辞めるにあたって、「人間性」という言葉に、その後、救われたと思うのです。あれだけの状況下、家庭崩壊どころか、ご本人の生命にも関わりかねないことが起こってもおかしくない中、2か月弱の入院程度の犠牲で済み、今こうして自営業で生計も立てておられるということは、やはり、あの言葉に救われたのだと、私は思うのですよ。それに対して大槻さんは、「社会性」を重視してよつ葉園を改革し、成果もあげた。しかし、「人間性」という言葉を山崎さんの前で言下に切り捨てたツケは、やはり、あの方の現状を見れば、しっかり回って来たように思えますね。もっとも、そこからまた「社会性」という言葉でくくられるような形でうまく立て直しておられるようで、それはそれで立派だと思われますけどね。ただ、「人間性」という言葉に復讐されたというのは、あの方のご様子をお聞きすれば、否応なく感じさせられますけど・・・」

「米河君もZ君も、どちらかといえば大槻と一緒で、社会性を重視するような立ち位置の人じゃないか。その君が、そこまで言うというのは・・・」

「山崎さんのおっしゃる「人間性」は、決して、目先の「子どもだまし」じゃなかっただけではありません。社会性のベースとなる、真の意味での「人間性」、何か、言葉が続かなくなっちゃいましたけど、とにかくこのシロモノ、即効性はないですけど・・・」

山崎氏と大槻氏を対立軸に置き、コクよりもキレのある論調で立て板に水を流すがごとく持論を披露してきた米河氏だが、この期に及んで、自分の言葉以上に気の効きまくった言葉を使った後、突如聴衆に痛いところをツッコまれてしまって、その場でうろたえる論客のように、あとに続ける言葉を出せなくなってしまった。

山崎氏はそこで、大ナタをふるうかのごとく、米河氏の話をつないだ。

「わかるで。「人間性」というものは、食育と一緒でね、即効性はないけれども、ボディーブローのように、じわじわと効いてくる。明確な基準もないから、どうしても、無視しがちになる。大槻はそこには目をつぶり、成果の見える「社会性」という言葉に大きく寄り掛かって、それなりの成果も挙げた。でも、そのツケは、ある時急に・・・、だな」
山崎氏の言葉に、米河氏は、黙ったまま頷いた。

「退職願」　２００４（平成１６）年1月下旬　よつ葉園にて

よつ葉園では、毎朝9時過ぎより、その日勤務している職員たちが集まって、朝礼を行う。連絡事項の確認と情報の共有だけなので、それほど時間がかかるわけではない。おおむね1時間もすれば終る。この日もその例にもれず、１０時前には、終わった。

正月を超したものの、年度末にはまだ時間がある。この日は特に大きな問題もなく、すんなりと進んだ。今日は平日。小学生以上の子どもたちを担当する職員たちは、この後、数時間にわたっての休憩に入り、夕方ごろから再び勤務に入る。この仕事はどうしても、生活そのものが仕事なので、勤務時間は他の仕事と比べて変則的である。さすがに、子どもたちと業務上接触しない事務員については8時３０分から１７時１５分までの勤務、しかも土日祝日は休みということで、一般職公務員とそう変わらない勤務体系であるが、それはあくまでも例外で、子どもたちを担当する職員たちは、その生活に合わせての勤務体系となっている。それは何も、今に始まったことではない。よつ葉園が岡山市の中心部に近い津島町にあった昭和の頃からずっと続いている。その当時とは、よつ葉園の中はもとより、取り巻く環境も、法令も、生きている人たちも、何より時代が大きく変わってしまった。かつての悪弊は徐々に排除され、昔のよつ葉園を知る人たちからは、今のよつ葉園はものすごく住みよい場所になったようにも思われるだろう。逆に、今よつ葉園にいる子どもたちが昔のことを聞いたら、なんてひどい場所だったのかと思うに違いない。だが、そこに暮らす子どもたちと、そこを仕事場として「生活」をともにしている職員という名の大人たち、職責はいろいろあるけれども、彼ら、彼女たちの関係は、昔も今も、そう大きく変わっていない面もある。もちろん今どきの職員は、子どもたちを叩いたり蹴り殴ったりなどしないし（そんなことをすれば直ちに大問題だ）、そのあたりはかなり変わった。

だが、よつ葉園に限らず、現在の「児童養護施設」の現場で働く人たちの勤務体系は、昔と今で、そうそう変わらないところも多い。「生活」が「仕事」となるなら、その「勤務時間」というのは、子どもたちの「生活」に合わせたものになる。それが、先ほど述べたような勤務体系が今もって維持されていることの、大きな理由である。

よつ葉園がまだ津島町にあった時代、1979年春にO文理大学を卒業して新卒で児童指導員として就職した尾沢康男指導員は、就職したての頃、前に述べたこの地の朝食の光景に、何とも言えない違和感を持った。そのことを特に人に述べたわけではないのだが、何だか、とんでもない場所に来たものだと、彼は心の中で感じていた。

「こんなひどい環境があったものか・・・」

彼はそれまで特に児童福祉に縁があったわけでも、大学で福祉に関して学んだこともなかった。それ故に、養護施設という場所の「異様さ」が身に染みてわかったのである。そのことは彼がよつ葉園に勤めている間、この施設を子どもたちの住む「家」として住みよいものにしていく上での原風景となった。彼は、物事に対してまっすぐな目で見て、困難に対して正面から取組む人物であった。それは、彼が幼少期から剣道に励んできたことが大きな理由の一つである。そんな彼でも、ここでの生活に慣れていくにつれ、慣れとともにくる惰性に身を委ねる日々を続けることも多くなった。

とはいえ、彼が就職して3年目の郊外の丘の上への全面移転、そして、その数年後に結婚して家族と職員宿舎に住み始めたこと、その二つの転機が彼のよつ葉園職員としての仕事がマンネリに流されることを防いでくれた。そのたびに、改めて自らの理想をもって、自分の「夢」へと邁進できるきっかけを作れた。新卒で就職して25年。彼は、養護施設職員としてよつ葉園に勤務し、多くの子どもたちと生活をともにし、そして、巣立つのを見届けてきた。時には大きな失敗もあった。力不足が過ぎて反感を買ったこともあった。それでも、彼の持ち味である、まっすぐに物事にあたっていくその姿勢は、よつ葉園を改革していく大きな力となった。その間に彼は結婚し、そして家族を持った。最初は敷地内にある職員住宅に家族そろって暮らした。隣には、彼の上司であり、職場の経営者でもある大槻和男園長の家族が居住していた。確かに、職員住宅に住めば居住費はそれほどかからない。金銭的には実にありがたい話。とはいえ、社宅や官舎などに暮らすサラリーマンや公務員のように、その社宅周りの人間関係というものは、生活に良くも悪くも影響を与えるもの。いいときはいいが、悪くなるととても居づらくなる。思うところあって彼は、2人目の子が生まれたのを機に、よつ葉園のある丘の下に住居を構え、そこに妻子とともに引っ越し、そこからよつ葉園という職場に通うようになった。やがて彼は、この地で何時までも過ごす＝仕事をするわけにはいかないという思いも抱き始めた。

先輩でもあり上司でもある大槻和男園長との意見の相違、というよりもむしろ、社会観、否、人生観と世界観の相違が、もはや極限に達した。

彼は、意を決した。

「自ら、事業を立上げよう。いつまでも、この場所にいるわけにはいかない」

尾沢康男指導員は「自立援助ホーム」に活路を見出そうとした。これは、養護施設出身者などで定時制高校に通いながら働く子や中学を出て働いている子どもたちが将来自立に向かうための橋渡しをするような場所である。

1980年代半ば、よつ葉園には定時制高校に在籍する児童が何人かいた。そのきっかけとなったのは、入所児童のZという少年が、全日制の公立進学校の受験に失敗して、やむなく高等学校在籍の資格を確保するために進学させたことがきっかけだった。

彼は学力の高い児童であった。その後、自ら大学入学資格検定という制度を検討し、それを利用して3年後にはO国立大学の法学部へと進学し、それとともに、よつ葉園を去っていった。彼がよつ葉園に在籍した最後の2年間、尾沢指導員は彼を担当した。しかし、大学を目指すZ少年にとって、役に立てていたとは言えない面も多々見受けられた。

確かに尾沢指導員の言葉は、Z君に対して憎くて言っているのではなく、ためを思って言っているものであった。だが、Z少年は、そんな言葉を述べる人間たちを信用していなかった。彼はそうそうおめでたく素直な人間ではなかったこともあるが、何より「ためを思って」ものを言えば内容がなくても免罪符になると言わんばかりの立ち位置からの言動に、彼の目指していることがケチをつけられているばかりか、自らのプライドを痛く傷つけられていると感じていたのである。そのことに周囲の「大人」たちが全く気づかず、無神経でさえあったことも、彼が不信を持った理由の一つである。そのことに尾沢指導員はうすうす気づいていたのだが、どうしても、その場を切り抜けるために、周囲の「大人たち」と同様の言動をもって彼にあたることがままあった。

そんなこともあって、よつ葉園始まって以来の大学進学者となった児童の直接担当だったというのは、普通なら「名誉なこと」と見てもらえるのだとは思うが、尾沢氏には、それがまったく「名誉」とは感じられなかった。Z少年に対して実質的に何もしてやれていないどころか、むしろ足を引っ張るような言動ばかりしていた。彼は、そのことにしっかりと気づいていた。下手に「名誉」な扱いでも受けようものなら、あまりの居心地の悪さに辟易してしまいそうだ。

そこまで彼が精神的に追い込まれてしまった原因は、どこにあるのだろうか?

最初こそ、全日制高校を再受験しろ、なにも18歳の途中でここを出ないといけないわけではないと言っていた大槻園長も、Z少年の制度を調査して自らの人生を構築しようとする姿勢に対して、数か月もすれば、それで大学に行けるなら、大いに結構なこと、それなら、その方向で頑張っていけばいいだろうと思うようになった。彼がこの施設から大学に進学すれば、自分自身の養護施設長としての実績ができる。それは当然、Zにも悪い話ではない。大槻氏とZ君の関係、養護施設の職員と児童の関係ではあるのだが、傍が期待するような「親子のようなもの」といったきれいごとなどではなく（確かに、親子ほどの年齢差はあったのだが）、また、愛情関係で結ばれているようなものでもなく、言葉は難だが「利害関係」で結ばれている側面がきわめて色濃い様相を呈していた。学校を頼らず、自ら道を開くという姿勢を鮮明に打ち出した彼に対して、下手な言動を打てば、今度は自分自身の児童福祉の世界での立場も脅かされかねない。大槻園長にとって、それは一番避けないといけない。敵対するよりもむしろZ少年の持つ鋭い「社会性」に賭けよう。それで、お互い「ＷＩＮＷＩＮ」の関係になれる。養護施設には左翼と言われる人たちの一部にみられるような、きれいごとを述べて悦に入る傾向のある職員が存外多いが、そういう要素は一切なしで、お互いの利益が高まる落としどころを探り合っていたのが、大槻園長とZ少年の関係であった。そんな彼を少しでも長くよつ葉園に留まらせることも検討していた。養護施設の子は１８歳で高校を卒業したら「退所」しないといけないと言われているが、実際は、必要がある場合、さらに1年か2年、「措置継続」という名のもとに施設に残る（残す）こともできるのである。

さて、彼の高1当時の担当だった高部保母の対応は、長い目で見て、Z氏をしてよつ葉園に対する不信感を増幅した結果になった。彼女は、最初のうちは、彼が大検を利用して大学に行くことを、ろくに調査もしないで「夢のような話」と言ったその勢いで、「現実を考えなさい」などと言っていたが、Z少年への対応がひどかったということで、その1年後、退職にあたって大槻園長から厳しい叱責もあった。大槻園長は、生え抜きの職員である尾沢指導員に、彼の高2から高3にかけての直接の担当を依頼した。それは、もはや若い保母に直接担当をさせることが不可能なことが明白になったことも去ることながら、折角のこの機会に、彼にこの仕事上の「実績」を挙げて欲しいと思っていたことが大きい。

その期待に彼が答えられたかどうかは判断の難しいところではあるが、尾沢指導員は彼なりに、その

2年間、努力を重ねた。

Z少年が定時制高校にいる間、よつ葉園は、学力の低い子どもたちも定時制高校に続々と送り出した。高校在籍中となれば、在園児のための措置費という名の金が人数分に応じて国から施設に支給される。しかも、学費は定時制高校の場合、全日制高校よりも安い。しかも、アルバイトや仕事をしてもらって構わない。こうすることで、高校進学率を高め、また、彼らの社会への巣立ちを少しでも良い形で手助けしてやりたいという思いからであった。もっとも、定時制高校に通うことに先鞭をつけた形になったZ少年にとっては、そんなところに行くのは「屈辱」以外の何物でもなかった。彼は、そんな高校の学科など相手にせず、自ら制度を調べ、それにのっとり、大学を目指し、そして現役で合格していった。だが、彼以外の定時制高校に進んだ子たちは、彼のような「屈辱」を感じるようなことはなかった。学力がそこまで高くなく、他の全日制高校に行くことが困難な子たちだから、それで小馬鹿にされたところで、「免疫」ができている。彼らが定時制高校に通うことに屈辱感や劣等感を感じて通っている様子は、まったく見られなかった。

ところで、定時制高校というところは、本来、勤労学生のためにある学校であった。しかし、彼らが定時制高校にいた頃は、その要素がかなり薄れていた。

「落ちこぼれの吹き溜まり、どの全日制高校にも合格できない者の受け皿」

そんな論調で、「ABCも書けない生徒がいるような場所」とまで書いた新聞社が、さすがに定時制高校側から抗議を受けて謝罪に追い込まれることもあったという。実際、定時制高校の風紀は、お世辞にもいいものとは言えないところが、当時はあった。

　もちろん学校側も、その状況に手をこまねいていたわけではない。Z少年が通うことになった県立U高校は、その時代の変化にいち早く対応しようと、カリキュラムを見直し、習熟度別の授業を組むなど、さまざまな取組を始めていた。同時に、素行の悪い生徒に対して退学を含む厳しい措置をとったり、さらには当時問題となっていた不登校、当時の言葉でいう登校拒否児の受入れを開始したりするなど、定時制高校という学校の存立を時代に合わせて組替えるべく、努力していた。Z少年は、そのようなU高校の取組には大いに評価していたものの、だからと言って、U高校の方針に同調して「学園生活」を楽しむという方向に向かうことなどなかった。彼はひたすら自らの進路に向けて、受験のための勉強と自らの人生観を確立するための読書に、必死で励んだ。彼をよつ葉園で直接担当している尾沢指導員にしてみれば、自分自身が積極的にかかわれる余地のなさに、一抹の辛さも感じていた。彼のために役立つことがしたいという思いはあったものの、相手の情緒や友情などといったものを排除することさえいとわない考えと動きについていくことができなかった。尾沢指導員は、たびたび、Z少年の前で言った。

「大検をとって大学に行くというのは、確かに時間短縮などの意義があることは認めるが、その分、同級生、年が同じか、あるいは中学浪人や留年で、1歳ずれているかとか、そういう問題は別としても、同世代の者や、あるいは学校の先生たちとのふれあいというか、そういうものがどうしてもなくなってしまうじゃないか・・・。何も大検なんて受検しなくても、高校卒業の資格を普通に取得すべく4年間通っても、いいではないか」

　そんなことを言う尾沢指導員に、Z少年は、あるとき、吐き捨てるように言った。

「この期に及んで素人考えの無理な物ねだりですか。そんなくだらない郷愁論で私の人生に無駄を加える余地など、ない！」

尾沢指導員は、「寂しい話だ」などと言い返すのが、精一杯だった。

Z少年は、そんな彼に、さらに追い打ちをかけた。

「ほう、今度は、お涙頂戴の安っぽげな情緒論で泣き落としですか・・・」

そんな彼が、「何人かで家を借りて共同生活をして・・・」、などという尾沢指導員の提案など、喜んで乗ろうとするはずもなかった。

それは「自立援助ホーム」というもので、どのような性質の場所か、そういったことを彼に説明せず、情緒的な言動に終始したことも、Z少年をして反感を持たせた理由のひとつであった。

Z少年は、小学3年生の夏休みから毎年夏と冬、時に春休み前後の5日から6日間、津島町にある増本さんという裁判所職員をしているおじさんの家に、短期里親として預けられていた。その短期里親が終る、彼が高3の年の冬、あいさつに来た尾沢指導員に対し、増本さんの妻は、こんな疑問を呈した。

「そういう『共同生活』は、トラブルのもとになりかねませんか？」

尾沢指導員は、こう答えた。

「確かにそうですが、そういったことも含めて、家庭というものをさらに味わって、将来家庭を持つための予行演習をさせたいのです」

増本さん宅の人たちは、彼の構想に違和感とともに大きな疑問も抱いた。

そして、誰よりも賛意を示さなかったのが、他でもない、上司の大槻園長だった。

「自立援助ホームか、確かに、ひとつの社会福祉のあり方だが、そんなことをしなくても、このよつ葉園で、同等以上のことをなすことは十分可能だ。そんなものを作って、そこにうちの児童らを送り込んで、それで、何の社会性が身につくか?」

ある飲み会の席で、大槻園長は、尾沢指導員の提案を、かくも一笑に付した。大槻氏は自信家で、プライドの高い人物であった。できることはとことん、このよつ葉園という場所で行う。実際、昭和の森川元園長の時代に、それに近いことをすでにしていたという実績もあるのだ。彼の信念の前には、尾沢指導員の提案を受入れる余地などなかった。

尾沢氏の妻は、現実にやるとなると、自分はとうていやり切れないと言った。もしそれをするとなれば、家族そろって住込むことにもなりかねない。それはさすがに、勘弁してほしいということ。それでも彼は、全国の自立援助ホームについて調査し、何度となく足を運んだ。Zには確かに必要ないかもしれないが、このような場所が必要な子は、よつ葉園だけでなく岡山県内の他の養護施設、さらには母子家庭などにもいるはずだ。彼はそう信じ、理想を追い求めた。それは確かに、よつ葉園における子どもたちの対応において役立つことも少なからずあった。それは、大槻園長も認めていた。しかし、肝心の「自立援助ホーム」的な場所をよつ葉園の運営する社会福祉法人で経営することにまで至れたかというと、残念ながら、それは陽の目を見ることなく終わった。彼はよつ葉園で働き続ける気持ちが、少しずつ薄れていった。同時に、大槻園長との社会観や世界観のずれは、日を追うごとに、年を追うごとに、もはや相容れ合わないところまで至ってしまった。

もっとわしに、自分はこうしたいのだというのをぶつけてきたらええものを。わしが否定しても、それに対してどんどん向かってくるぐらいの気迫で、仕事をしてほしいものだが・・・。あのZなんかは、わしに、制度をきちんと調べて大検というものを見つけてきて、それで大学に現役合格できる余地があることをきちんと、情報を叩きつけて説得してきた。どうして、あの二人は、そのくらいのこともできないのだろうか・・・。

大槻園長は、本音ではそう思っていた。元入所児童でよつ葉園が創立されて初めて大学に進学したZ青年は、単に学力が高いだけではなく、情報の重要性を熟知していて、大学に行くための制度に至るまで、自らの足を使って岡山県庁の学事課に行ったり、定時制高校の教師らに聞いたりして、情報を得ていた。そのための本も自ら買い込んで、それをもとに勉強して、大検に合格し、大学にも現役の年で合格していった。定時制高校はそれに伴って「中退」となったのだが、彼の通った定時制高校からは、学校の名誉になる存在になってくれたということで、今も「卒業生」扱いしてもらっているという。

そのくらいのことが、なぜ彼らにはできないのか。一見それなりの提案をしてきているように見えても、彼らからは、Z青年のような、意地でも道を開いていくという思いが伝わってくるように見えない。今ある仕事をボチボチやっていれば給料がもらえて家族が食えるというぐらいにしか、思っていないのだろうか。だとすれば、それは「給料泥棒」以外の何物でもない。そこまで言われている肝心要の児童指導員たる山崎氏と尾沢氏はというと、どこかで諦めのようなものを持っていた。それが大槻氏にしてみれば、「笛吹けど踊らず」を地で行く仕事ぶりに見えて、歯がゆさを感じる原因になっていた。確かに大槻氏は、彼らの提案に対し、言下に、

「おまえに、そんなことができるわけもなかろう」

などと言って、一笑に付すかの如き言葉をかけていたこともままあった。

だが、そんなことにめげず、自分に食いついて、自らの思うところを少しでも実現に向かうように仕事をして欲しいという思いがあったのは確かだが、そんな言動をされた部下たちが、それではもっと自らの思いを込めて・・・、などという気になれるだろうか。

敵対者はもとより意見の合わない者に対する苛烈な拒絶が、当時の自らに対する部下たちの気持ちを彼から急速に離しつつあることに、彼はまだ、気づいていなかった。

児童福祉の世界にとって必要なものは何かという問いに対し「人間性」だと答えた山崎指導員、「人間としてよければ・・・」という言葉を度々使って、大学に向けて野心を燃やして学んでいるZ少年の指導に当たっていた尾沢指導員。

この世界で必要なのは「社会性」であるという信念をもって日々業務にあたっている大槻園長にしてみれば、「人間性」という言葉を錦の御旗に、さらなる高みを目指す仕事ができていない彼らへの不満は、常にあった。

直属の部下であり、よつ葉園の幹部職員でもある彼らの心を、大槻園長は、開かせようと努力した。たびたび、管理棟の事務室や集会室などで「飲み会」も開いた。だが、それが効果を奏したとは、お世辞にも言えなかった。結局は、彼らに精神的な負担ばかりか、肉体的な負担さえも与えただけだった。

やがて、くすのき学園から移籍して15年目になる山崎良三指導員が、1999年6月をもって退職していった。山崎氏は、その年の年度初めに体調を壊して入院して職務に耐えられなくなったのが原因だが、大槻園長との世界観の根本的な相違がもとで身を引いていったというのが実態だった。そのときはまだ、大槻園長はさほどのショックを感じていなかった。山崎氏が退職したことで、後継者が尾沢指導員に絞れた。そもそも山崎指導員のほうが、尾沢指導員より2歳上。年齢差を考えると、下手にどちらにとも言えないところがある。そこに持ってきて、年長の山崎氏が退職するというわけだ。

「山崎は、まあ、しょうがない、くすのき学園からの移籍者だし、何より、児童福祉に対する考え以前に人生観がまったく相容れ合わないところもあったからな」

山崎氏から退職届を受取った大槻園長の思いは、そんなところだった。山崎氏は、一見鈍重に見える動きや考えをするところがある人物ではあるが、状況を見通す力は、大槻氏が思う以上に鋭く、しっかりしたものを持っていた。大槻氏をカミソリと例えるならば、山崎氏は、ナタと例えられるような人物であった。それゆえ、大槻園長は山崎指導員に対して「怖さ」のようなものを感じていた。彼は児童福祉の世界で最も必要なものは「人間性」だと、このよつ葉園に来て最初に、大槻氏の前で述べたが、彼の言う「人間性」という言葉の真の意味は、決して目先の子どもだましなどではなく、もっと重く、はるかに深いものであることに、大槻氏がすでに気づいていたことも大きい。

だが、それを言下に否定したツケが、もうすぐ回ってきかねない状況下にあることに、彼はまだ、気づいていなかった。山崎指導員の退職は、ある意味においては、自分の地位や方針を「脅かす」者が自ら去っていったと捉えられる要素さえあった。だからこそ、この時点で大槻氏は、格別の危機感を抱くことはなかったのである。

大槻園長の子どもたちはその頃すでに成人し、大学も出て独立し、それぞれ、東京近辺で仕事をしていた。夫婦だけとなった大槻氏は、職員宿舎を出て、よつ葉園のある学区内の住宅地に自宅を新築した。しかし、程なく様々な事情が発生し、大槻夫妻は離婚に至った。大槻氏は離婚後間もなく、ジャガーズクラブの関係で知合った女性と再婚した。

21世紀になって程なく、尾沢氏は、副園長格である主任指導員になってくれと、大槻園長から打診された。それは、かつて大槻氏が園長に就任する前にいた立場である。とりあえず、彼はその申入れを受入れた。要は、次期園長はあなたですよというわけだ。普通なら、これは喜ぶべき「出世」というものであろう。それなりの役職手当もつく。子どもたちも成長中で、家計をより潤す一助になる。それは確かにその通り。だが尾沢氏にとっては、それとても嬉しいことではなかった。彼は近場にある自宅からよつ葉園の事務室に毎日通いつつ、退職する機会を伺った。幸い、若い男性の児童指導員も何人かいる。その中に、学生時代からボランティア活動でこのよつ葉園に通ってきていて、卒業後児童指導員として就職した伊島吾一氏という20代の若い男性職員がいた。彼の仕事ぶりは、若い頃の大槻指導員に勝るとも劣らず、子どもたちと真剣に向き合って、ともに遊び、共に学び、実に活き活きと、このよつ葉園で「生活」という名の仕事に向き合っている。しかも彼は、若いだけあって考えも柔軟である。それればかりか、若い頃の大槻指導員のような強引さはなく、人あたりも柔らかである。大槻がいずれ退く頃には、伊島君はこのよつ葉園を引っ張っていけるまでに成長する。尾沢氏は、そう踏んだ。

尾沢指導員は大槻氏の一連の状況をよつ葉園の中で見ていて、これ以上、ここで仕事を続けたいという気持ちが薄れてしまった。精神的にも、以前に退職した山崎氏同様、この場にいることが到底耐えられないようなところまで、追い込まれていた。

２００４年1月のある日、彼は、朝礼が終った後、園長室を訪れた。

岡山という土地は「晴れの国」といわれる。今日も雪は降ってはおらず、この地には青空が広がり、晴れている。だがこの数日来、寒さを感じさせる天気が続いている。

「園長、今、よろしいですか」

園長室のドアをノックして、彼は園長室に入った。そして、園長の執務デスクの前の肘掛椅子に座っている大槻園長の前に出向いた。

「大槻先生、長い間お世話になりました。思うところありまして、今年度末をもって、よつ葉園を退職させていただきたいと思います」

彼は淡々とした口調で挨拶をした後、先輩でもあり上司でもある大槻園長に、白封筒を手渡した。そこには確かに、筆文字で「退職願」と書かれていた。本当なら、「退職届」と書きたいところではあろう。だが、それはためらわれたようだ。そんな様子が、退職願の「願」という文字に、どことなく、感じられる。彼らはどちらも、いずれはこのような結果になることを、すでに予測していた。その封筒を見たとき、大槻和男園長の胸中には、いろいろと思うところが込み上げてきた。それでも彼は、平静を装い、尾沢康男指導員の持参した封筒を受取った。彼は黙って、糊付けされていない封筒から三つ折りにされていた便箋を取出し、そしておもむろに開き、書かれている文字を一言一句、かみしめるように、黙って読んだ。数分間にわたって、両者はその位置を動かなかった。大槻園長は、便せんに書かれた文字を、座ったまま、何度も何度も、読み返した。尾沢指導員は、先輩でもあり上司でもある大槻園長の言葉を、立ったまま、じっと、待っていた。

あたかも、春を待つ桜のつぼみのように。

「ちょっと、そちらのソファに移って、話をしたい。尾沢先生、申し訳ないが、向かい側におかけいただけるかな。私は、こちら側の一人掛けのソファに座るから」

大槻園長は退職願と書かれた白封筒と便箋を園長の執務デスクにそっと置き、尾沢指導員を向かい側のソファに腰かけさせ、自らも、彼と向き合ってソファに座った。

執務デスクに置かれた白封筒が、妙に、大槻園長には目についた。

平静を装いつつ、大槻園長は、尾沢指導員に話しかけた。

「尾沢さん、あなたがうちを辞められるのは、憲法で定められた職業選択の自由に基づくものであり、とやかくこちらが言える筋合いもないので、それは仕方ない。だが、先輩面して申上げるのも難だが、辞めて後何をされるかは、決めておられるのか?」

この質問は、当然、尾沢氏にしてみれば予期されたところである。彼は、即答した。

「現段階で確定してはおりませんが、ＯＰ法律事務所に社会福祉士として来てもらえないだろうかという声がかかっております。本音としては、直ちに社会福祉士の事務所を開業したいところではありますが、実務を学ぶことと、その世界での人脈を作っていく必要もありますから、そのお話を、お受けしようと思っております」

「子どもさんたちは、大丈夫なのかな？　高校生や中学生ぐらいじゃなかったかな。一番金のかかる時期ではないか。もう何年か、うちにいてもいいのではないか？」

「それも、随分考えましたが・・・」

「退職金がまとまって必要になるようなことでも、あるのか？　それなら、辞めることもなかろう、前借りだってできんこともないのだから・・・」

「そういう問題では、ありません」

彼は、きっぱりと答えた。話はそこで、しばらく止まった。

「そうか・・・。本当に、無理かな？」

大槻園長の質問に、彼は、少し間をおいて、答えた。

「申し訳ありません。今年で、ちょうど勤続２５年になりますので、いい区切りかなとも思いまして、この３月で、退職させていただいて、第二の人生に足を踏み入れたいと思っております。大学を出て２５年もの長い間、大槻先生にはお世話になりました。このよつ葉園のおかげで、結婚して家族も持つことができ、家も買えました」

彼の退職の意思は固い。慰留はもはや、無理だ。だが、もう少し、何とか、いい落としどころがないか？　往生際に追い込まれた大槻氏は、そんなことを考えていた。

「尾沢君、あなたは、「退職届」ではなく、「退職願」を、私に提出されているね？」

大槻は、一体、その一文字に何の意味を持たせようとしているのだろうか？

尾沢氏は、その意図を測りかねた。大槻園長は、少し間をおいて彼に提案した。

「退職については受理させていただくが、退職日を、あと3か月だけでいい、伸ばしていただけないか？

そうすれば、あなたに夏の賞与もお支払いできる。それはあなたの家計にとって大きなプラスになるし、うちもご存じのとおり、今年度の決算と来年度の予算など、年度末の処置もある。あなたの将来の仕事においても、その業務は大いに役立つと思う。あと3か月だけ、退職を待ってもらえないか。キリのいいところまで来たら、有休を全部消化して、それで退職していただいて構わない」

もう1年などと言われれば、それはさすがに、なし崩しでここに来いと言われ続けるようなことにもなろうが、3か月延長して、年度末と年度初めの仕事をきちんと終了させた上でやめてくれ、夏の賞与も出す、という条件であれば、まんざら悪い話でもない。別にそれで退職金が削られることもない。そちらもむしろ、幾分の上乗せもあるだろう。先方も、年度替わりなど関係なく、キリがいいところでやめてからでいいと言われている。

尾沢氏は、ソファの上で少し逡巡したが、意を決し、答えた。

「わかりました。今年の6月末までは、よつ葉園にお世話になります。この年度末から年度初めまで、今ある仕事をきちんと終わらせるのを見届けた上で、退職いたします。6月の賞与までいただけるのなら、私にとっても悪い話ではありませんし、よつ葉園にとっても、仕事がはかどるのであれば、喜んで、最後のご奉公をさせていただきます」

大槻園長は、「最後のご奉公」という言葉に一抹の寂しさを感じないではなかったが、そんな内心を隠しつつ、平静を装って、答えた。

「じゃあ、尾沢さん、申し訳ないが、今年の6月まで、どうかよろしくお願いします。とりあえず、4月初旬まではいろいろ忙しいので、例年通り、頼みます。それから、4月の半ば以降は、さして忙しくなくなるから、有休をできるだけ消化していただいて結構なので、そこまで、どうか、頼みます。そうじゃ、連休中の行事も、できれば、出てきて欲しい。山崎君のときは病気だったから仕方ないが、あなたは幸い健康だから、問題はないでしょう。いずれにせよ、機を見て送別会も開かせてもらうよ、尾沢君さえよければ」

「ありがとうございます。それでは、失礼いたします」

尾沢指導員は、大槻園長に礼を言って、園長室を去っていった。

大槻園長は、園長室の執務用の肘掛椅子に座り、湧き上がる思いに身をゆだねていた。


尾沢君は、よつ葉園がこの丘の上に全面移転したときも、結婚して子どもが生まれたときも、彼なりの理想に燃えて、このよつ葉園での仕事にその情熱を活かそうとしてきた。その情熱が、子どもたちに何かを訴えたことは確かだ。だが、彼の理想や情熱は、必ずしも、実を結んだとは限らない。むしろ、個々の子どもたちにとっては、それが彼らにとって生きていく上での、無駄な足かせにさえなりかねないことも多々あった。

人のことは言えたものではないが、尾沢君にしても完ぺきな仕事ができていたとは、到底言えない。彼の理想は、児童らにとってかえって迷惑だった側面もある。

では、かくいう自分自身は、どうだっただろうか？

自分は、人間性がどうこうと言って子どもたちを指導していた職員らに対して、大いに反感を持っていた。

だからこそ、よつ葉園にいる子どもたちの社会性を育むという点に力を入れて、よつ葉園全体をここまで改革しつつ、維持してきた。確かに、尾沢君のような形での拒絶はされていないかもしれないが、わしが気に入らなかった子らには、やっぱり、今も恨まれているだろう。いつも構わず、呼びつけてはぶん殴ったりすることもあったからな。それでも、山崎君がいた頃は、そこを上手くフォローしてくれていた。尾沢君も、何だかんだで、しっかりとフォローしてくれた。だが、尾沢君がここで辞めていくことは、わしのよつ葉園での仕事に何か根本的な欠陥でもあったのではないか。

わしはこのよつ葉園を改革してきた。大学進学者も、Ｚに始まり、数名輩出できた。それは確かに、わしの成果だと思う。彼らに対し、さほどのことはしてやれていないという悔いは幾分ある。

だが、彼らのことだ。どんなことがあろうと、彼らは何とかこの社会で生き延びて、世のため人のために、活躍してくれるだろう。だからまあ、彼らは、陰ながらそっと見守っておいてやれば、それでいい。

それよりも、わし自身に、何か致命的に欠けていた要素が、あったのかもしれない。

それは、何なのだろうか・・・。

「コーヒーをお持ちしました」

女性事務員が、マグカップにコーヒーを持ってきてくれた。

「ありがとう」

暖かいコーヒーをすすりながら、彼は、寒々とした心を少しでも温めようとした。

今はまだ1月。いくら温暖な地である岡山でも、冬は、寒いものである。

清潔なファシズム　２０１９（令和元）年１０月某日の夕方　岡山駅前商店街にて

「おい、米河君！」

　米河清治氏は、時々行く居酒屋でよく会う常連客とばったり出くわした。今日の氏は、お決まりのセルロイドの丸眼鏡に、仕立てた二つ掛けのダブルスーツ、ダブルカフスで丸襟のシャツ、それに、手結びの蝶ネクタイを結び、ネクタイの端を丸襟に入れているという、いささか前時代的ないでたちだが、これこそが彼の標準的なスタイルである。酒好きということから、ある人をして「大正時代の酔っぱらい」と評されてさえいる。

「あ、日高さんじゃないですか、どうされました？」

「買い物じゃ。あとでわし、くしゃわに行くつもりだが、あんた、今日、来るか？」

「行きますよ。そのつもりで出てきています。とりあえず、カウンターに座って飲むつもりですが、日高さん、あとで来られますよね」

「行くよ。店長に、わしのボトルを出してくれるように言っておいてくれる？」

「わかりました。今日は、焼酎飲まれるわけですね。まさか昼には、カラオケ喫茶でビール飲みながら、山谷ブルース、歌って来られたとか？」

　一方の日高淳氏は、元中学教諭で校長まで歴任し、定年退職して久しい。だが若い頃に9か月だけ、くすのき学園という養護施設で過ごしたことがある。現在60代後半の、精悍な老紳士である。保健体育を教えていただけあって、背広やネクタイ姿で勤めることはそうそうなかったのだが、教頭となって以降、背広姿で勤務する機会が増えた。退職後も、校長時代と同じような格好で、昼間からカラオケ喫茶でビールを飲みながらカラオケを何曲か歌うのを、週2回ほどの楽しみにしている。さらに2週間に1回ほどのペースで、帰りに居酒屋によって酒を飲んで帰ることもある。

「今日は、山谷ブルースは歌ってないけど、何か、あの歌詞の主人公とよく似た気分でなぁ。ちょうどいい、ちょっと、養護施設の頃の話を聞いてくれるかな?」

「いいですよ、じゃあ、先に行っておきますので」

「よし分かった。じゃあ、20分もしたら、行くからよろしく。あんたはどうせ飲み放題でビールだろう。しっかり飲んどきなさいよ」

「じゃあ、後ほど」

米河氏は早速居酒屋へと入り込み、飲み放題で生ビールの大ジョッキを注文した。

しばらくして、件の老紳士がやってきて、米河氏の隣に座った。老紳士のボトルは、すでにカウンターのテーブルに準備されている。

「おお、お疲れさまだな」

「お先にいただいております」

「それはええけど、君、もう2杯目じゃナ?」

「あ、ばれましたか」

そんな見え透いたことを言うなと言わんばかりに、老紳士が言うのは、こうだ。

「時間差と今のビールの残り方から見て、あんたなら間違いないわ。どんなスポーツでも、そういう変化に気づかんようじゃあ上手くなれん。あんたも鉄道研究会とやらに小学生から通っとったそうだが、そっちも、それは一緒だろう？　それどころじゃない。あんたのように文献に向き合う筋の趣味傾向の人なら、状況の少しの違いがどれだけの効果をもたらすか、意識をしっかり持っていないと趣味にもならんでしょうが。違うかな？」

「いえいえ、違いません。まさにおっしゃる通りです」

焼酎のボトルはすでに出されている。若い店員が、氷と水を持ってきた。

「わしはロックで飲むけど、そういうときは水をアテにして飲んでおる。これも、健康のためじゃ。つまみか、そうじゃ、おでんの大根とこんにゃくをいただこうか」

彼らは乾杯し、そろって飲み始めた。

程なくして、おでんが日高氏の座るカウンターの前に運ばれてきた。

「じゃあ、さっそく、わしにとっては栄光のような、黒歴史のような、何とも言えん9か月の話、聞いてくれるかな？　あんたも小説家なら、ひとつ、これをネタにして、短編の一つでも書いてくれたらよかろう」

大根を箸で割って、一つまみ口にして、さらにロックの焼酎を飲んで、日高氏は若い頃の話を始めた。横に座っている米河氏よりも、はるかに若かった時代。

今から40年以上前の話である。今の老紳士、当時は24歳だった。

わしゃな、最初から養護施設には勤めたいと思っていたわけじゃない。そもそも、そういう世界があること自体、まったくといえば嘘になるけど、ほとんど知らなかった。

　じゃあ何で、9か月だけとはいえそんなところ勤めたんかいなって話だが、わしが大学で就職先を探しよったら、就職課の職員の中に養護施設出身の人がたまたまおられて、養護施設の話をしてくれてなぁ。児童としては正直居心地のいい場所だったとは思わんが、就職先としては、ひょっとすると悪くはないかもしれんとおっしゃったからね。それで、岡山に帰ってくるまでの1年間、実はもう一つ、大阪の養護施設で児童指導員をしたわけよ。その施設は、まあ、可もなく不可もなく、ってところで、そうじゃなあ、くすのき学園よりはよかったかな、待遇は。ただ、両親が岡山に帰って来いと言うから、1年で辞めて岡山に帰ってきた。施設に勤めながら教員採用試験を受けたけど、採用されなかったこともある。そこで、卒業前に一度面接に行ったくすのき学園に行ったら、稲田園長から、前任者の豊島三郎先生が病気で休むことになるので、7月からぜひ来てくれと言われた。

　あんたもよつ葉園におったからようわかると思うけど、養護施設というところは、とりあえず、衣食住が確実に確保される職場じゃ。それは児童だけじゃない。職員にとっても、そうなのよね。なんせ、「住込み」という手があるからなぁ。とりあえず、衣食住をひとつずつ、見て行こうかな。君には釈迦に説法だろうけど。

　ます、衣。着るものについては、これはさすがに、全部タダとはいかんが、かといって、飲み屋のオネエサンみたいに服をかれこれ買うこともないし、サラリーマンみたいに、背広やネクタイやワイシャツをかれこれそろえる必要もない。まあ、1着やそこらは必要な時もあるかもしれんが、そんなの着て動く必要がある日は、園長あたりの管理職にでもならん限り、まずない。

次に、「食」については、毎日朝昼晩、その気になればそこで食べられるだろう。なんせ「食事指導」と銘打って、「仕事」がてらに飯は食えるときたものだ。それで、給料ももらえるわけね。あんたのおったよつ葉園は結構ええもの出されていたと聞いている。くすのきからよつ葉園に移った山崎元指導員さんの話では、炊事場に肉を吊るしているのかなんて軽口を言った関係者がいたそうだが、まあさすがに、大昔の西洋の金持ちの邸宅でもあるまいし、さすがにそれはないだろうけどな。わしのおったくすのき学園は、よつ葉園と比べたら、さすがにそこまで御大層なものでもなかったらしいけど、やっぱりスケールメリットがあるからか、それなりに美味いものは出されておった。職員としては、一応、給食費として給料から多少天引きされるかもしれんが、それはさしたることじゃない。

それより何よりありがたいのは、「住」、住む場所。これに尽きるよ。この仕事にありつけば、とりあえず、アパートを借りる必要も下宿する必要もなくなる。職場が住む場所を確保してくれるし、何より、「住込み」と称して居場所が確実に確保できる。施設によっては、これも多少の天引きはあるかもしれないが、基本的には家賃を払う必要もないわけだ。こうなれは、多少給料は安かろうが、残る方が多いよ。ぜいたくさえしなければね。

当時わしは、酒はそれほど飲まなかったし、煙草なんて吸わなかった。くすのき学園に就職した当初、前任の豊島三郎さんという方が入っておられた部屋に入ったら、まだ幾分たばこのにおいが残っていて、少々辟易したが、まあ、言うほど気にもならなんだな。なんせ当時は、吸う人は皆、あちこちで吸っておられたからね。豊島さんという方とは1度しかお会いしたことないけど、わしが退職するころに、癌か何かで若くして亡くなられてしまった。稲田園長の話では、煙草をかなりの量吸っておられて、その上さらに酒も大量に飲んでおられたらしい。そりゃあ、潰れるわ。その方、31歳で亡くなられたけど、無理もないわ、そんなことしよったら・・・。いかんせん、そういうお方のおられた後じゃからな、たばこ臭いのはしょうがないかもしれん。でもまあ、わしが来るまでにかなり換気も済んでいたし、国鉄の電車内ほどひどい状況でもなかったな。

わしはあんたと違って中学高校と運動部、それもバレーボールをやって、部活もずっとバレー一筋。大学でもバレーじゃ。日本代表にはもう一つ、届かなかった。というのは冗談。はるかに届かんレベルで、終わったよ（苦笑）。まあ、鉄道研究会一筋のあんたとはかなり通じるところもあると思うけど、ひとつ何かを極めると、他のことについても、それなりにはわかるものよ。残念ながら、くすのき学園におったときはバレーをする機会はなかった。校長になった頃に、養護施設出身のとある市長さんの講演をお聞きすることがあって、その人の県では、施設対抗のバレーボール大会があったみたいでな、ちょっと、うらやましかった。で、くすのき学園ではどうしたかといえば、とりあえず、秋口に施設対抗のソフトボール大会があるというわけよ。そんなら、ソフトボールをしようということになった。ソフトボールなら、小学生の頃スポーツ少年団でやったことがあるから、何とでもなるわ。あんたもそうじゃが、わしも、野球は好きじゃからね。

そうそう、あんたは鉄道写真をそれほどは撮らんと聞いておるけど、子どもの頃から鉄道の本で、プロのカメラマンの撮った写真に親しんでいただろう。それに加えて、たまにはカメラをもって写真を撮ることだってあったはずだ。じゃあ、今からどこか博物館に行って写真を撮れと言われたら、あんただって、それなりの写真が撮れるはずじゃ。以前、あんたの撮った写真見せてもらったけど、明らかに、昔のプロの鉄道カメラマンの撮った写真の影響があるなと、素人でも感じるぞ。それと同じこっちゃ。

まあ、ソフトボールについては、そういう感覚でできんこともないし、嫌いじゃなかったから、よし、これで一つやろうという気持ちになった。稲田園長も、ぜひやってくれとおっしゃる。だけどなぁ・・・、大して広くもないグラウンドだけど、雑草が結構生えとるし、石ころも少なからず転がっていて、とてもじゃないが、スポーツどころか遊び場としてさえ満足に機能してなかったな。ありゃ、ひどかった・・・。

でもまあ、文句言っておってもしょうがない。文句を言ってみたところで、草は抜けんし、さらに元気よく伸びて来よるわな。石ころもそのままや。とりあえず、グラウンドをきれいにしようということで、まずは石拾い、それと並行して草抜き。先にくすのきに来ていた梶川君という同学年の指導員と一緒に草を抜いていった。わしが来たおかげで、彼も忙しさから多少解放されて、そういうことができるだけの余裕もできたってわけだ。なんせ、前任者が年度途中で休職となって、指導対象がダブる彼の負担、相当重くなっていた。それが、わし一人来たおかげで、負担がかなり減ったのよ。まあ、10日もすれば、無駄な石ころや雑草、モノの見事になくなった。実に、きれいに整備された。

でも、この話をしたらダナ、大阪にいる大学の同期生が、岡山の奴が通った後は草一本生えんというが、まさに、オマエのことやないか、なんて、いつぞや同窓会で言われて、大笑いになったけど、それは、確かに当たっとった。あの局面では、な（爆笑）。

「それで、ソフトボールをさっそく始められたわけですね」

「そういうことじゃ。何、大学時代も、ゼミ対抗のソフトボール大会やって、わしゃ、4番ピッチャーだったからな」
「そりゃあ、頼もしい限りですな。敵に回られると厄介ですけど」（苦笑）
日高氏は、焼酎のロックを飲み干し、ボトルから透明な液体を継ぎ足した。そして、もう一つのグラスにある透明な液体を一口飲み、つまみの大根をひと切れつまんだ。
一方の米河氏、大ジョッキ三杯目に突入。

とにかく、だらだらとやみくもにやってもしょうがない。大会前は別として、普段は週何日か曜日を決めて、1日2時間まで。その時間だけは、小学生から中学生まで、梶川君と協力し合って練習することにした。特に夏休みは、暑い時間帯はできるだけ避けて、朝のうちとか夕方とか、そういう時間に練習をした。というのも、だな、昼間には、あの施設は「昼寝」を中学生にまでさせておったからな。あんたのおったよつ葉園では小学生以上にはそんなことさせてなかったようじゃけど、要は職員の休憩時間を確保するためよ。

遊び盛りの小学校高学年や中学生の子らは、あんな時間を設けられて、うれしそうではなかったな。誰かが「幼稚園でもあるまいし」なんて言っていたの、忘れもせんよ。

現在はともかく、当時の養護施設は、子どものためといいつつも、実際は職員のため、というか、法令を守っているフリをするためというか、「下心」的な意図のこもった日課を組んでいるところが多かった。くすのき学園も、そのような施設の一つだったね。

「日高さん、その話でひとつ思い出しました。よつ葉園もそうですけど、くすのき学園も、夕食時間、やたらに早かったでしょう。17時台で・・・」

「そうじゃ。米河君ならすぐわかると思うが、あれも、給食担当の職員の「人件費」を増やさないための手法だった。今頃はわしも、年じゃから、早めに晩飯を食べるからええけど、20代や30代の働き盛りや、10代でも中学生や高校生になれば、そんな時間から飯など食っておれんよ。まして、そんな時間に食ったら、夜にもなれば腹も減るわ。くだらんことをしているものだなと、わしでさえ思っておった。残り物をいくらかもらっておいて、勤務時間後に夜食で食べたことが、何度となくあったな・・・」

「子どものためとか何とか言っても、実態は、職員の都合で動いていたわけですな」

「それはその通りじゃ。米河君はどうしても元児童側で、いささか被害者的な論調になってしまうのはやむを得んと思うが、君のその御指摘、確かに当たっているよ」

日高氏は、焼酎を一口あおって、話を続けた。


ソフトボールやら何やら、スポーツがらみのことは、まあ、それなりに成果を上げられた。じゃけど、あの施設に勤務していた間の、わしの最大の失敗は、「仕事」しようとし過ぎたことじゃ。何より、部屋の片づけを徹底させた。部屋がきれいになれば、居心地もよくなろうと思った。学校の教室内ならそれでええ。部室なんかも、そうじゃ。そうそう、中高生あたりがエロ本なんか隠しとったら、そんなものは、もう、問答無用で取り上げておった。ただ、稲田園長には報告せずに済ませてやったこともある。

その代わり、わしが居室でひそかに読んどった（苦笑）。

「こらこら、おっさん・・・」（店員も含め、周囲が爆笑）
米河氏のツッコミに、日高氏も返す言葉で冗談めかす。
「わっはっは、冗談じゃ。というのが冗談で、実話じゃ。でもまあ、時効ヨ」
「まあ、そうですけど・・・」（苦笑）

なーに、園長にばれたらばれたで、そのときの言い訳ぐらいちゃんと準備しておった。ばれることはなかったけどな。子どもらも、後ろめたい気持ちでそういう本を読んでいるからね。まじめな話に戻すよ。一応、元教育者だからね、こんなのでも（苦笑）。これは本当にまじめな話、養護施設に過ごす子どもらにとって、そこは「公共の場」ではないわけだよ。そんな肝心なことが気づけなかった。わしは、学校とほとんど同じ感覚で、子どもらに掃除を徹底させた。確かに、部屋の中や食堂、それに集会室なんかは、きれいになった。わしが先頭に立って掃除したからな。じゃが、今思うと、きれいにすればするほど、その状態を維持しようとすればするほど、子どもらの心が窮屈になっていった気がする。君が自伝として出した本に書いておっただろう、「24時間、逃げ場のない環境」とか何とか。わしはもちろん、そんな環境にするつもりなんかなかったが、彼らの「生活の場」「くつろげるべき場」に、気づかんうちに土足で入り込んでおったのよ。辞めた後じゃが、くすのき学園で5年ほど勤めた、梶川君の幼馴染の山崎さんが言っておられたけど、園児の中で、中学校の体育館に土足で入って遊びまわったのがおって、稲田園長がお怒りだったという話を聞いた。それはそれで問題じゃが、そういう物理的なものじゃなくて、心の中に土足で入り込むような真似を、わしはしとった。

今思えば、人の心が絡む分、この問題は、根が深かったのかもしれん。

確かに物理的・表面的には、くすのき学園内はきれいな場所になった。わしが指示すれば、子どもらは、勉強時間に勉強して、ソフトボールのときはソフトボール、風呂といえば風呂、消灯時間だといえば寝る、起床といえば起きる。そんな生活を彼らにさせた。確かに、効果はあった。じゃが、彼らは別の場所で、はけ口を求めた。学校内外の「非行」事例が、わしが勤めだして数か月もすれば、少しずつ増えていった。それでも、目的があったうちはよかった。施設対抗のソフトボール大会で、絶対に優勝するぞという気持ちが皆にあったときは。おかげで、中学生の部は準優勝、小学生の部は3位にまでなった。どっちも、それまでは3位さえも覚束なかったのが、わしが指導したら、かくも素晴らしい成果を上げられたということで、稲田園長から大いに褒められた。それから1週間かそこらは、その余韻で園内の雰囲気も悪くはなかった。じゃけど、なぁ・・・

「何か、事件でも起こったのですか?」

何かの変化があるときは、これという象徴的な「事件」が起きるものだが、日高指導員の関わった当時のくすのき学園では、目立った「事件」さえ起きていなかった。

それがなぁ、そうでもない。じわじわと小さなことが積み重なっていったってところじゃ。大会が終わって2週間もすると、子どもらが徐々にわしの言うことを聞かなくなってきた。それに加えて、若い保母さんらは皆、日高先生のはやり過ぎじゃ言うて、職員会議だけじゃなくて、事あるごとに言われるようになってしまってなぁ。梶川君はある程度かばってくれたが、そのうち、彼とてもかばい切れんようになってしまった。

これは要するに、日高淳青年の「若い情熱」で、というよりも、日高指導員の「力」、具体的には、言うことを聞かないとぶん殴られるという恐怖が、子どもたちをして、日高指導員に従わせていただけの話だった。それこそ、終戦直後のラジオ番組じゃないが、「これが真相だ」、ってこと。まあそんなのでも、最初のうちはうまくいく。だが、時間が経つにつれて、その効果は徐々にほころびを示して、いずれ確実に破綻じゃ。相手も馬鹿じゃない。彼の手法を見破って、それに応じた対応をしてくるだけのことよ。

そうじゃ、こんなこともあった。あるとき、わしはある中学生の男子児童を何かの理由でぶん殴った。屋上に連れて行って、説教したときに。そのときたまたま、各務先生というわしより少し年上の保母さんが見とがめて、稲田園長に報告したのさ。それで、ある若い保母さんが、屋上は洗濯物を干すだけだからそれ以外の目的で上がらないように子どもや指導員に、つまり、わしな、要は屋上に上がって子どもを殴ったりしないようにルールを作ってくださいというわけじゃ。さすがに稲田園長は、そんなルールを作ることは認めなかった。自分でどうすべきか、日高先生はじめ職員各位が判断されたらいいことだ、ってね。あれは、今思うと随分情けなかったな。ま、冬頃になるとそんな調子だったから、年末に梶川君と居室で飲んだ時に、彼の前で言ったことがあるのよ。なんか、自分のやっていることとやらなきゃいけないことがちぐはぐで、もうどうにもならんな、って思いが高まってしまって、梶ヤン、もとい梶川君に、つい、愚痴ってしまって、な。

『わしは、国立大学出身とは名ばかりの筋肉馬鹿じゃからな』

って。梶川君は、さすがに、たしなめてきた。

『ダカヤン、そこまで卑下することはなかろうがぁ・・・』

ってな。じゃけどそれが、当時のわしの偽らざる実像だったと、今も思っているよ。


日高氏の回想を、米河氏は黙ってビールを飲みつつ、聞いていた。

「そうですか・・・。そうそう、日高さん、ご存知ですか？　私の出身の私立津島中高の恩師の牧野英二先生がおっしゃっていましたけど、力で子どもを抑えて学校の秩序を維持できるのは、せいぜい半年が限度だって、校長になった頃に先生方に訓示されたそうですけど、日高さんのお話、まさに、そのパターンじゃないですか」

「確かに、君の言うとおりだ。そうそう、津島中高の卓球部の牧野先生、あんたの言う「名物キチガイ部」の先生な。わしもよく知っとって、今もお会いすることがあるけど、まさに、それよ。学校なら、まだええ。じゃけど、生活の場で、家となるべき場所で、それは、やっぱり、今思えば、まず過ぎたなぁ。わしはな、およそ、子どもらの逃げ場に、ことごとく立ちはだかって、鬼軍曹よろしく、ぶん殴っては説教の繰り返しだった。あの頃のくすのき学園の子ら、わしを恨んどるだろうね。じゃが、わしにとっては、それも、身から出た錆じゃ。あんただって、塾で教えて、すべてうまく行ったわけでもなかろう。まあ、そういうものではあってても、当事者となった子どもらにとっては、な・・・」

日高氏は、改めて氷と焼酎をグラスにつぎ足し、原液に近い透明の液体を一口だけすすった。その後、背の高い透明の液体も一口ばかりすすり、氷をひとかけらだけ、入れた。米河氏は、ビールの大ジョッキを改めて頼んだ。彼は、かねて頼んでいたおでんの豆腐の残りのかけらを食べ、新たなジョッキを口にして、一口だけ飲んだ。

「そりゃたまらんでしょ。私と同学年で同じ日生れのZ君は、今でも、当時のよつ葉園を悪く言うことが多いですが、仕方ないです。私は、移転と同時に親族に引取られて難を逃れましたけど、彼はそうはいかなかったですから。移転してよくなったかと思いきや、変にきれいごとが蔓延したような要素があって、辟易したと言っていましたよ」

「そうかな。それ、今のわしには、よくわかる。ああいうときには、濁ったものを何とか透明にしようという動きが出るものよ。だけど、それは今いる人たちの肌に合わないどころか、健康、それどころか生命さえも損ねかねん。結局、濁りがいつの間にか戻ってきて、それなりのところで落ち着くというわけじゃ。救いもあるよ。一時的でも清浄な状況に置かれたわけだから、改めて濁っても、前ほどひどい状況にまではならずに済む。結局は、その繰り返しなのよ。どんな社会でも。この公式、君も覚えておくとよろしい」

「なるほど・・・、そんなものですか・・・」

「そういうものよ。わしもあの頃は若くてね。子どもらを叱ってつい手を出す。その場は、きちんと仕事した気になる。子どもらも、やっていないことを責められでもしない限り、大抵は神妙にしているものじゃ。とはいえ、のべつそんな調子でやっておれば、さすがに稲田園長から注意される。その場はええ返事をするよ。『了解しました！』『はい、わかりました！　以後、気を付けます！』ってね。返事だけじゃない。わし自身、本気で、そういうことをせずに頑張っていこうと思うの。だけどね、先輩に殴られたり、後輩を殴ったり、そういう部活文化で育ってきたわしにとっては、それではだめだということがわかっていても、ついやってしまうわけじゃ。よつ葉園もそうだったようじゃが、くすのき学園でもなぁ、年長の子が年少の子を力で支配するようなことが、ままあったはずよ。よくも、悪くも、な。特に、小学生から中学生の子らには。わしにそのつもりはなくても、わしら職員の態度は、子どもらにしっかり伝わって、形を変えて根付いていた。わしは、その悪しき文化を補完するようなことを、知らず知らずのうちにしていたことになるわなぁ。米河君の鉄研こと鉄道研究会ではそういう暴力事は一切なかったようだが、ともあれだね、殴るとか殴らんという話ばかりじゃなくて、その人の趣味傾向なんか、君らの趣味の世界にしても、ちょっと誰かが何か言ったからって、そうそう変わるものでもないでしょうが。それと同じでな、日が経つと、結局元の木阿弥。それが繰り返されたと、稲田さんの本でわしのモデルの指導員が描かれておるけど、確かにそれは当たっていた。最後の最後、ある中3生が就職するにあたって、就職先の倉敷にある会社の寮までくすのき学園の公用車で送ってやってくれと稲田園長に言われた。その子には散々苦しめられた経験があったものだからね、わしは、お断りしますと言ってしまった。それで、わしも気持ちが冷めて、年度末の2週間前に退職願を書いた。稲田先生は、すぐ受理してくれたよ。年度末までは勤めてくれるか、ってね。それしか言われなかった・・・」

「そういう終わり方も、何か、悲しいですね」

「しょうがないよ。それまでのわしのやってきたことの、自業自得じゃから。でも、くすのき学園をやめてから、教員になるまでの1年間、本気で反省したよ」

「でも、稲田園長は、日高先生の功績は認めてくださったのですよね」

「まあ、ソフトボール大会のこととか、冬場でも、子どもらに持久走をさせたり、ドッジボールをやらせたり。子どもたちに忍耐力と根性が付いたと、やめる間際に、褒めてくれた。本音としては、バレーボールをやらせたかったけどなぁ・・・」

「でしょうね。でも、くすのき学園を辞めて中学校に採用されて、よかったじゃないですか。バレーもできて、最後は、校長まで務めることもできたわけですし・・・」

「それもそうじゃけど、ひょっとすると、あのくすのき学園での9か月間で一番根性が身についたのは、あの子らじゃなくて、実は、わしなのかもしれん」

「バレーができなかったから、なんてことはないですよね」

「それも、ちょっとはある（苦笑）。だけど、まじめな話、そんなことじゃない。理想的な状態にならんままであっても、その場で、きちんとやっていくことができるように。そういう、何と言えばいいか・・・、「芽」が出るのを「待つ」ための忍耐と根性を、少なくともわしは、くすのき学園を通して、身につけられたと思っている」

「そういうものだったのですね、日高さんがくすのき学園で9か月の間に身に着けた一番の財産というのは・・・」

彼らは2時間以上にわたって、酒を飲みながら、過去のことを話し合った。この酒席で交わされた意見が、今の「児童養護施設」にとって有益なものになるのかどうかは、わからない。だが、彼らがいた頃の「養護施設」というものがどういうものであったのかを知ることは、現在の「児童養護施設」にとって無益なものでは決してないだろう。

日高氏はくすのき学園を退職して1年後、教員採用試験に合格し、その後、岡山市内の中学校で保健体育の教師を長年務め、最後は校長になって定年退職した。

くすのき学園での経験は、彼の教員生活においても、結婚後の家庭生活においても、大いに役立った。彼は赴任した中学のバレーボール部の指導において、暴力を伴うような指導は一切しなかった。それどころか、同じ学校の他の部以上に、また、他校のバレー部以上に、科学的なトレーニングや水分補給などを積極的に取入れた。また、部員たちには勉強もしっかりさせた。彼が赴任した学校のバレー部は、どこも強豪となっていった。彼が転勤して後も、その強さは長期間にわたって維持されたという。

パンの歌

1978（昭和53）年12月　よつ葉園（岡山市津島町）にて

よつ葉園では例年、津島町のよつ葉園鉄筋園舎2階の集会室でクリスマス会を行っていた。ここは集会室としても使われるが、普段は、幼児保育の場としても使われていた。

米河少年は6歳になって間もなく、父方の祖父母の死とともに、このよつ葉園にやってきた。幼稚園を「中退」し、児童相談所を通してこの施設に「措置」されたためである。それまで通っていた地元の幼稚園とは、何だか別世界のような場所だった。

彼がクリスマス会で印象に残っていることといえば、1978年、小学3年のときのクリスマス会のある出し物である。この日も、昼過ぎから約3時間弱の間、行われた。この日は早速、幼児、小学校低学年の女子児童が中心のグループから順に出し物をしていった。何だかんだで、ずっと待たせた上でやらせるのは、飽きっぽい年少の子たちを苦痛にさらしてしまうから、できるだけ早めにやらせて、あとはゆっくりさせようというわけである。3番目ぐらいに、彼より1学年下の女の子が、「サンタが街にやってきた」の歌にのせて、バトンをもってきれいに踊り切った。彼はこの年も同学年のZ君らとともに何か芸をしたはずだが、それは一切覚えていない。

この会の出し物は、子どもたちだけでなく、職員も参加する。彼を担当していた岡野公子保母は、同僚の保母たちと一緒に、パンの歌と称する「出し物」をした。今をさかのぼること6000年前、エジプトで初めてパンを焼いた人たちがいたそうで、それが今や、世界中で子どもたちに愛され、食べられているという内容の歌詞。岡野保母は、英国紳士のような仮装をしていた。この歌の歌詞の中で、イギリスをはじめ世界各国の「パン」と称する食物についてどのような呼び方がなされているかを幾例か挙げた部分があり、その一番手の例として、イギリスでは「ブレッド」と呼ばれていることが紹介される。彼女が英国紳士の仮装をした理由が、これでわかるだろう。そして、他の保母たちも、紹介された国々における、パンと称する食べ物の呼び名を国名とともに叫ぶ。

この手の「お楽しみ会」で披露するにはいささか惜しいほどの、国際色にあふれる演技だった。

さてその後は、どうだったか。彼は、まったく覚えていない。

津島町から郊外に移転後の話だが、高校生の男子で、一対一の「決闘」のような「出し物」をした例があった。さすがに司会役の少年が、「よい子のみんなは真似しないように」などといって締めくくったが、時には、こんな芸？　が出ることもある。あるいは、よつ葉園の園歌を歌番組の構成に乗せて最後に歌うのはいいのだが、「しげれよしげれよ」という歌詞の部分で、担当保母と中学生の男子数名が手を挙げて脇を示し、もう片方の手でもそもそと、まさに、「わき毛がしげれよ」のようなポーズをして物議をかもしたこともあった。だが、長い目で見れば、そんな駄芸ばかりではなかったことも、確かだ。

その気になればそれなりのこともできるのが、この手の出し物である。

出し物の後は、例によって会食。「園長先生のお話」、いささか長めだが、これを耐えないと、食事にはありつけない。東園長は元小学校長。月曜朝の朝礼のために運動場に立たされている気分にさえなる。この日は、ローストチキンはじめ、いかにもクリスマスという料理が、食堂に座る皆の前に出される。シャンパンが出てくるわけもないが、シャンメリーというノンアルコールの（当たり前か）炭酸飲料が、子どもたちにも振舞われる。もちろん、食後にはケーキも出される。そして、それぞれにクリスマスプレゼントが渡される。よつ葉園では、この日のプレゼントには例年、衣類を出していた。

この行事が終ると、いよいよ、冬休み。大掃除、餅つきと、次々と正月を迎えるための行事が続いていった。子どもたちにとっては、それらも大きな楽しみであった。クリスマスが終ってしまえば、キリスト教とは一切無縁の日々が続く。来年の、その日までは。

２０１５年某月某日。米河氏は、当時住んでいた兵庫県明石市の自宅で、ある本を読んでいた。所用でたびたび向かう神戸の市立図書館から借りていたものだった。

その本は、パンの歴史について書かれているものだった。

「そう言えば、あんな歌があったか・・・」

彼は、ある通販サイトの書評欄に、あのときのことを書いた。そう、あの年のクリスマス会のことである。彼女たちの歌った曲の歌詞とともに、自信の経験を紹介しつつ、その本のレビューを書いた。そのときは、取立てて反響があったとか、そういうわけではない。彼は他にもたくさんの書籍や映画などのレビューを書いていた。

それから4年後のある日、諸般の事情で岡山市に住居を戻した彼は、ふと、その本のレビューを読みなおした。あるＳＮＳに、４０年前のクリスマス会の彼女たちの出し物のことを、彼は書いた。その歌詞の一部、特に覚えていた部分をしっかりと書いた。程なくして、関西方面のある人物から回答が来た。その歌はなんと、彼女たちが作ったものではなかった。自分自身が生まれた年にできて、しかも、テレビ放送されていた曲だったのだ。

「パンのマーチ」 峯陽・作詞　小川寛興・作曲　ペギー葉山・歌
１９６９年１２月～１９７０年1月にＮＨＫ「みんなのうた」で初放映

ズバリ、彼が生まれて間もない頃に初放映されていた曲だったのだ。しかも、歌い手があの有名な、ペギー葉山。「南国土佐を後にして」、「学生時代」などのヒット曲のある、あの人じゃないか。かくして彼は、40年以上の時を経て、再び、というより、実質的には初めて、この曲を「聴いた」わけである。

長年の謎が、これで一気に溶けた！　彼は、静かに興奮していた。

「今日のお別れの曲、「パンのマーチ」です。歌は、ペギー葉山さん。1969年の曲です。岡山市中央区にお住いの自営業・米河清治さんからのリクエストです」

数日後の昼過ぎ、彼はラジオを聞きながら岡山市内の自宅で執筆の仕事をしていた。若々しい女性の声が、ラジオから聞こえてきた。といっても、彼女は彼より5歳年上の50代半ば。彼女のことを、彼はよく知っている。よつ葉園にいた小5の年、彼は3日間、昼から夕方まで、O大学の大学祭に通い詰めた。それも、鉄研こと鉄道研究会の展示のためだけに。それがきっかけで、彼は大学のサークルに「スカウト」され、大学に通い始めた。その3年後の1983年4月、大学の入学式で京都出身の先輩（数年前、50代後半という若さで亡くなられたという）と一緒に新歓のビラを配っていたら、新入学の女子学生に声をかけられた。彼女は、自分より1歳下の幼馴染で鉄研に興味を持っている人がいると言った。学生服の少年は、新入学の女子大生を先輩とともに「鉄研」が新歓の例会をしている学生会館の一角に案内した。彼女とは、それからの付合いである。

彼女が言う「幼馴染」というのは、彼女の夫でもある大宮太郎氏で、この××ラジオの代表者を務めている。いつもは夫婦でこの番組を持っているのだが、この日は夫である代表者は別の用件で欠席しており、彼女一人で番組を担当していた。ラジオの声は、さらにエピソードを紹介した。

「この曲は、米河さんが小学生の頃、当時過ごしていた養護施設のクリスマス会で、担当の保母さん、現在の保育士さんですね、彼女と、その同僚の20代前半の保母の皆さんが、出し物で歌って踊られた曲だということです。どうぞ、お聞きください」

「うわ、たまきさん、何でこんな曲を流すのかいな・・・」

約3分、ラジオから歌が流れた。彼は執筆の手を止めて、その曲を聞いた。


「皆さんこんにちは。大宮太郎です。ただ今別件の仕事が終わりましたので、番組最後のご挨拶に伺いました。おつかれさまです、たまきちゃん」

「おつかれさまです、太郎君」

曲が終ったところで、男性が一人、ラジオの向こう側にやってきた。仕事がちょうど終わったところで、一言、視聴者にあいさつを、ということのようだ。

「今の「パンのマーチ」って曲ですけど、子どもたちに、パンを通して、世界の歴史と地理に興味を持ってもらえる、いいきっかけになる曲だなと、ぼくは思いましてね。リクエストしてくださった米河さんには、大いに感謝しています。彼とは長年の知合いでね、しばしば彼から養護施設時代の話を聞くことがありましたけれども、確かに、被害者的な立場での批判的な話が多いのは事実です。しかしね、こういう曲を、当時の保母さんたちがよつ葉園のクリスマス会という場所を通して披露してくれたからこそ、彼にとっても、何かの気付きを与えられたのではないかと思うのです。養護施設の経験、彼にとっては決して、悪いことばかりじゃなかったと、ぼくは思っています・・・」

前日に太郎さんが電話をかけてきて、明日番組であの曲流すと言われて、どうぞ、どうぞ、煮るなり焼くなりお好きにどうぞ、と言ってはいたけどさぁ・・・。


その日の夕方、米河氏は岡山駅前の居酒屋「くしやわ」で大宮夫妻と会った。

「今年もクリスマスは一人で過ごすのね?」

「ほっといてくださいい、たまきさん。2000年ほど前の中東の一神教のセクトの親玉のオッサンの誕生日と思しき日に、用事なんか何があるのか、馬鹿馬鹿しい。それでクリスマス会と称してやることといえば何かといえば、歌って踊って飯食って、ですか。飯食っての代わりに「恋をして」を入れたら、どっかの左翼団体の青年部じゃないですか。アホらしい限りですわ。付合いきれませんな」

米河氏の相も変らぬ毒舌に、太郎氏が返す。

「その表現にいまさら文句は言わんけど、君にかかると、学生運動の一派の話だか何だか、とにかくも、きな臭いものになることが、多いねぇ・・・」

「私は、人畜無害ですけど・・・。大体、あの御仁みたいに、市場を破壊したりなんかしませんって。ま、お二人に置かれましては、メリークリスマス違いでもなんでも、どうぞ、心おきなくお楽しみくださいませ。私はクリスチャンでも甘党でもないので、別に、あのイベントに用事なんかないですしね」

米河氏は、ビールをあおりながら、ひとしきり、クリスマスの風潮に毒舌を浴びせた。大宮夫妻は、彼の毒舌に呆れながらも、それを酒の肴にして楽しんでいる。

「それにしても、あんな「お楽しみ会」、もうこりごりですわ。一人で居酒屋に入って酒でも飲んでいるほうが、よほど健康で文化的な生活ってものですよ」

彼の言葉に、太郎氏が返す。

「一人で酒を飲むのもええけど、君のあの頃の経験を文章にして世に出すことで、間違いなく、後世の人にとっても有益なものが出来上がるのではないか？　クソ文句ばっかり並べていないで、もっと真剣に、あの頃のことを検証しなおせよ。そうしてみれば、今を生きる人たちにも、何らかのヒントが出てくると思うぜ。君なら書けるはずだ。いや、君じゃなければ、書けないことだと、ぼくは思っているのだけどね・・・」

「そういうものですかねぇ・・・」

米河氏、いささか言いたいことがありそうなそぶりの言葉をつなげる。

ここでたまきさんが、夫の意見をさらに後押しした。

「そういうものです。おねえさんも、太郎君の意見に全面同感です」

実の姉弟ではないが、彼女は時々、こういう表現を彼に対して使うことがある。「姉」の弁に、「弟」のような扱いを40年近くにわたって受けている米河氏は、ビールをあおりつつ、頷き、そして、きっぱりと言った。

「ええ、書ける限り、書いていきますよ」

一流の条件

2020（令和2）年1月上旬　よつ葉園応接室にて

「あれはですね、本当に突然でした。今から5年前の職員会議でしたが、大槻先生が、突如、あんなことを言い出しましてね」

昨年より大槻和男園長の後任として、岡山市の児童養護施設よつ葉園の園長に就任した伊島吾一園長は、あの劇的な発言のあった日のことを、訪れた元園児で作家の米河清治氏に語っている。

大槻先生は人間性か社会性の二つでどちらかというなら、明らかに社会性を重視してきた人でした。そこは確かに、米河さんのおっしゃる通りです。それだけにあの言葉にはびっくりしましてね。ええ、もちろん、その場でメモしましたよ。先ほど米河さんがおっしゃった、大槻先生と山崎先生のお話ですけど、まったく、大槻先生らしいなと思って、興味深くお聞きしました。山崎先生とも酒の席でお話したことがありますけど、大槻先生といろいろあって退職されたようなところがありますから、そのあたりについては批判的といいますか、いいようには言われていませんでした。確かに大槻先生は、若い頃はかなりの激情家で、当時の児童を殴って指導することもままあったそうですし、よつ葉園の運営上も、ワンマンな姿勢が目立ったとおっしゃっていました。後者はともかく、子どもが絡む前者は、さすがに今ならアウトだなと、苦笑交じりにおっしゃっていますけどね。私がボランティアで初めてよつ葉園に来た頃も、まだ、そんな感じが幾分見受けられましたが、実際に大学を出て就職した頃には、相当丸くなっておられました。若いころ何年か、尾沢先生と一緒に仕事しましたけれど、あの方が退職されたときは、相当、ショックを受けておられましたね。それは、傍で見ていても、手に取るようにわかりましたから・・・。私が園長職を引継ぐ前に、大槻先生は、こんなことを言われました。

大槻和男園長の回想

これまでにも、後任で園長をして欲しい人は、何人かいた。

まず、くすのき学園から移籍してきた梶川君と、滋賀県の高尾さんは、どっちも5年ほど勤めて、結局退職して行ったな。梶川君は、後にくすのき学園の園長にもなって、今は特別養護老人ホームの園長兼理事長をされている。高尾さんも、滋賀の須賀学園の園長になって、後にやっぱり、特養の施設長をされた。どちらも、実力のある人だからな、まあ、仕方ない。特に高尾さんは、自分より能力のある人もうまいこと使える力がある。そんな人らになぁ、そうそう言えん。彼らには彼らの方針がある。それは認めないといけない。何より、あのお二人とは、お互い年齢も割に近いというのも、あったからな。

問題は、あと二人。山崎君と尾沢君じゃ。梶川君の幼馴染の山崎君、彼もくすのき学園から移籍してきて、15年近く勤めてくれた。特に、中高生の男子児童をよく導いてくれて、あれは本当に、感謝しとる。彼とはぶつかるところもあったが、彼の言っていることのほうが正しいことも、今思えば、多々あった。わしも若かったから、彼の言うことを頭ごなしに否定したこともあったが、若気の至りとはいえ、申し訳ないことをした。ただ、彼が辞めるときは、まあ、仕方ないな、くらいにしか思ってなかった。彼がここに最初に来た時に言った「人間性」というものが、単なる「子どもだまし」じゃないことには、わしもあのとき、薄々気づいていた。自分の考えている「社会性」というものの根底に本当に必要なものなのだということに心底気づいたのは、彼が辞めて、しばらくしてからのことでな。彼の言っていた「人間性」という言葉を、わしが無下に否定したツケ、確かに、私生活においても、ここでの仕事においても、大きく回ってきたように思うでなぁ。

彼が退職してこの方、お互い、近くに住んでいるはずなのに、全然会わなくなって、今に至るまで会っていない。飲み会に誘ったこともあるが、予定が合わずに無理なままよ。卒園生の大松君に頼んで誘ったものだから、わしとは直接、話したわけでもない。

不思議なものじゃや。縁というのは、切れたらそんなものなのか・・・。小6までいた米河君の御両親、わしよりどちらも少し若い方らじゃけどなぁ、離婚してから、近くに住んでいる時期がそれなりの期間あったにもかかわらず一度もお互い顔を合わせていないと、かなり前に米河君が言っていた。夫婦だった者、まして子どももいる関係にある者同士でさえそういうことがあるわけだ。いくら生活そのものが仕事の場所とはいえ、そこで生活も共にしていた者同士が、片方が去った途端に、まったく顔を合せなくなるというのもなぁ・・・。わしは、山崎君が辞めた時点では、これで、後継者選びで悩むこともなくなったと思った。だが、尾沢君が辞めたのは、自分でも意外なほどショックだった。

尾沢君も、わしとは意見が必ずしも合うほうではなかった。彼はなぁ、仲間と何かをするとか、家族で、家庭で・・・。そういうことが、本当に好きな人だった。Z君は、そこらには大きく異を唱えていたが、それはまあ人生観の相違だ。わしと山崎君の関係と、あの二人は、ある意味同じような要素でのぶつかり合いがあったな。高校生活というものを情緒的にとらえる尾沢君と、あくまでも機能的にとらえるZ君の世界観の差は、確かに相容れ合わないほどの隔たりがあった。でも、あれだけぶつかり合えば、それなりにお互い理解はし合えただろう。彼らが担当の児童指導員と入所児童という関係で過ごした2年間は、わしは、お互いにとっても、決して、無駄にはなっていないと思っている。尾沢君は、山崎君が辞めてから、本園とは少し離れたグループホームなどの担当にしてくれと言ってきた。お互い少し距離を置いて仕事をしてみようということで、それも、お互い無駄ではなかった。彼のおかげで、ノウハウが随分蓄積できたからな。結局、山崎君が辞めて6年ぐらいしてうちを辞めて、社会福祉士の仕事を始めた。その一環で、彼の夢だった「自立援助ホーム」の運営にも関わっておられるが、その運営団体のNPO法人の理事長をしている中西弁護士さんともお話した。尾沢さんは、主として成年後見の仕事をしながら、子どもたちのためにも頑張っている。確かにうちでは彼の構想を後押しできなかったが、彼の夢がかなったことを聞いて、実に嬉しい限りじゃ。

そうじゃ、米河君がいつかよつ葉園に来た時、予備校講師の一生ということで、スルガ予備校の井藤和生という英語の先生がこんなふうに表現されたと言っていた。これは確かに、予備校だけじゃなく、高校以下の学校の先生はもとより、子どもと常に接していくわしら児童養護施設の職員にも、当てはまるのではないかと思う。

肌で10年、技術で20年、名声で10年

大学もしくは大学院を出て、そのうち予備校講師として採用される。最初のうちは、生徒との年齢差は少ないから、感覚も生徒らとそう変わらない。だから、生徒と肌で接することができる。それこそ、学

生時代から講師をしていれば、もっと年齢も近いから、なるほど、学習塾が学生講師を重宝するのも、無理はない。しかし、教えている生徒はずっと18歳や19歳でも、自分自身は毎年1歳ずつ年を取っていく。年を追うごとに生徒との感覚にズレがでてくる。それまでがおおよそ10年。もちろん、定年まで一教員として勤めていく先生方のように、そんなことを気にせずに続けられる人もいるが、多くの人は、転職や管理職への転身を考えるようになる。そういう意味では、わしも、40歳を前にして園長になったが、これも、典型的なパターンじゃないかな。その段階を超えたら、今度は、それまで培った技術と知識で、生徒らと向き合っていく。幸い予備校や高校、特に進学校の場合は、あくまでも勉強していく内容がすべてじゃ。だからこそ、それまでに培った技術と知識がものをいう。もちろん、「技術」や「知識」は、年を追うごとに磨きがかかるが、高齢になってくると、その技術自体が衰え始める。知識にしても、今の時代に合わなくなってくる。その点をクリアできたとしても、一方で、体力が徐々について行かなくなる。しかし、30年以上にわたってその仕事をしてきたことで、自分の名前は浸透している。そうでなくても、そういうベテランの先生だということは知らない生徒でもすぐわかる。残りの10年は、それまでに得られた「名声」をもとに生徒たちと向き合う。

わしの児童養護施設職員としての人生も、まったく、井藤先生のおっしゃっているとおりの経緯をたどったように思うなぁ・・・。

ある職員会議でのできごと

「あの日の大槻先生の発言は、本当に、驚きました。そんな予兆は、私にはまったく感じられませんでしたからね。それだけに、びっくりしました。私はノートにメモをあまりとらないクチですけれども、あのときばかりは、さすがにメモしましたよ」

伊島園長は、あのときの驚きを今解放しようとしてか、少し興奮気味に語っている。彼は、人間性か社会性と言われたらどちらかと言われれば、どちらも大事だが、どちらかに傾きすぎることが問題だという意見の持ち主である。一方の米河氏も、意外だという表情で彼の回想を聞いている。米河氏もまた、人間性か社会性かといえば社会性が大事だという意見の持ち主で、大槻氏とその点においては似ているものを持っているからだ。

「あの日はですね、確か、数年前の12月でした。クリスマス会をどうするかとか、そういうことが議題になっていたのを覚えています。その頃は、もう、米河さんがおっしゃったような、クリスチャンでもない者がクリスマスとか何とか、そういうことをわざわざ言われなくなっていましたね。その日の議題を済ませて、それから、各児童についての対応状況を共有するために各寮の代表者がひと通り報告を終えた時でした」

伊島氏は、あの日の話をさらに続ける。大槻園長は、こんなことを述べたという。

皆さん、ご報告ありがとう。いつも申していることだが、よつ葉園の子どもたちが、将来ここを巣立って社会に出て、税金を払っていけるだけの仕事ができるように、あるいは税金からお金をもらうにしても、例えば公務員になるとか、会社を興して補助金を受取るとか、あるいは逆に、うまく行かなくなって生活保護を受給するようになったとしても、それでもらったお金を社会のために有益に使える社会人になってもらえるように、私たちは、今このよつ葉園で過ごしている子どもたちを導いていかなければなりません。今から２０年以上前ですが、昭和の終りの年に、このよつ葉園から始めて、大学に、それも、Ｏ国立大学の法学部の二部に進学した男子児童がいました。彼と同じ日に生まれた子で、こちらに全面移転する前に叔父に引取られた子もいましたが、彼は中高一貫校を出て、同じくＯ大の法学部、もちろん昼間部のほうに進学しました。あの頃の私は、何より社会性が大事である、そこを人間性という言葉でごまかすな、と、口を酸っぱくして当時の職員たちに言っていましたが、まだ力不足でした。特にこのよつ葉園で１８歳まで育ったＺ君、彼に顔向けできないような仕事をしてたまるか、私は、その一念で、園長を務めてきました。皆さんのおかげもあって、このよつ葉園という施設においては、子どもたちの処遇は彼らがいた頃に比べ、良くなってきた。その点につき、職員の皆さんには厚くお礼を申し上げたい。今はもう辞めてしまった職員の皆さんにも。そんな中で、先輩面をして言うのも難ですけれど、ひとつだけ、皆さんに述べておきたいことがあります。


いいですか、一流の職員というのは、技術が高いから一流なのではありません。

もちろん、技術・スキル、それを担保している資格も、確かに大事です。

しかしながら、一流の職員というのは、その人の人柄が一流である。だからこそ、一流なのです。

一流になるには、技術や資格じゃない。

人柄こそが、最後には、ものをいうのです。

これには、居合わせた職員は皆、びっくりしていましたね。大槻先生が、そんなことを言い出すとは、夢にも思っていませんでしたから。その日の職員会議のことは、あの言葉の後どんな議論があったかは、まったく覚えていません。ただ、あのときの事務室の雰囲気だけは、今もはっきりと覚えています。もっとも、そのようなことを大槻先生がおっしゃる兆候は、あったといえば、ありました。確かに大槻先生は、尾沢先生が退職されてしばらくした頃から、目に見えて言動が丸くなっていきました。毎年11月にやっているよつ葉園まつりにしても、それまではビールや日本酒を販売していましたし、模擬店のニジマスや焼き鳥などをつまみに飲んでいたのを、あの年を機に、やめました。職員同士の飲み会というのも、集会室でよくやっていましたけれども、あの頃から、減りましたね。そんなやり方では今の時代通用しないということを、肌身で感じられていたのではないでしょうか。尾沢先生の退職は、まさに、その象徴のような出来事でした。

ともあれ、あの日の発言を契機に、大槻先生は、ますます、人格が丸くなられました。それまでは山崎先生や尾沢先生の不満というか、至らなかったところを指摘することがありましたが、あの日以降、それもめっきり減りました。むしろ、彼らに「逃げられた」という思いが、日に日に高まってきたように思われます。もちろんそんな言葉を聞いたところで、山崎先生や尾沢先生が大槻先生に好印象を改めて持つなんてことはないでしょう。それでも、園長退任を前にして、昭和の終りのZさん以来、平成の終りの年にO大学に現役合格した児童がこのよつ葉園から出ましたけど、これで、少しは自分のやってきたことも報われたかなと、昨年3月の退任前の最後の職員会議で、しみじみとおっしゃっていました。その「奇遇」も、大槻先生が社会性というものを重視してこのよつ葉園での職員として半世紀来取組んできたからこそのものであると、私は思っています。

そうでしたか。私は確かに、スルガ予備校の英語科主任講師をされていた井藤和生先生の言葉を、大槻さんにご紹介しました。今の伊島さんのお話を伺っていますとね、尾沢さんが退職されたことが直接の引き金になったようですけれども、大槻さんはそれをきっかけに、それまで、「社会性」という名の「技術」、それもかなり高いレベルの技術でこのよつ葉園を運営して来ていたのを、軌道修正して、山崎さんがおっしゃっていた「人間性」というものを、根底にしっかりと取込んで、それをもとに、「人柄」という名の「名声」をもってよつ葉園を運営するようになったのではないかと。もちろんそれは、若い頃の子どもたちと一緒に遊び、学び、生活をともにしていた大槻指導員時代の「肌」で仕事をしていた時期とは、全く異なるスタイルです。ただ、そこに大きなヒントがあったことは確かでしょう。

大槻さんは園長に就任されて、「肌」で仕事をしていたのを軌道修正して、「社会性」という名の「技術」でよつ葉園を引っ張ってきた。しかしそれも、時代の流れやそれに伴う人の変化、さらには、自分自身の成功も失敗も、すべてを含んだものを清濁併せ呑んだ結果、今の大槻さんが出来上がっているような、そんな気がしますね。

米河氏は、自分の親ぐらいの年齢の大槻和男という福祉人の一生を、そう評した。

（終）

参考文献

とむらいの汽車旅2万キロ　米橋　清治　著　（吉備人出版）　2006年
著者とその父との人生を重ね合わせた、養護施設出身者の旅行記を兼ねた半生記。著者が本名で出版した書で、養護施設時代の経験については前半に幾分記述があります。

創立50周年を顧みて　社会福祉法人　備作恵済会若松園　編　1986年
先駆的な取組を続けてきた岡山市内の養護施設「若松園」の歴史と現状を、当時の職員らによって編纂された冊子。当時の元職員や卒園生各位の声が掲載されています。

おおみそかの紳士　養護施設長のノート　稲垣　金蔵　著（自費出版）　1984年
小学校長を定年退職後、6年間にわたって養護施設くすのき学園の園長を務めた著者による、昭和期の典型的な養護施設の実情が生々しく描かれています。「くすのき学園」は架空の施設ですが、当該施設の実名は差し障るため、本書の施設名を使用いたしました。

ひとりぼっちの私が市長になった　草間　吉夫　著　（講談社）　2006年
茨城県内の乳児院と同県高萩市の養護施設「臨海学園」で育ち、東北福祉大学に進学。卒業後は養護施設職員等を経て松下政経塾に進み、その後茨城県高萩市長を2期務めた人物の自伝。養護施設の昭和期から平成初期の様子を、彼が児童として、そして職員として経験したことをベースに、児童福祉の実態とその在り方について一石を投じた書です。

最弱球団　高橋ユニオンズ青春記　長谷川　晶一　著（白夜書房）２０１１年

１９５４年からわずか3年間、プロ野球パシフィックリーグに所属した球団・高橋ユニオンズに関わった人たちを描いたノンフィクション。この球団は１９５７年3月、岡山でのキャンプ期間中に「解散」を強いられた。「球界の孤児」とも呼ばれたこの球団の解散の舞台となった岡山県営球場で撮影された解散写真の中には、かつて「孤児院」と呼ばれ、実際に孤児を収容していた養護施設「若松園」が写っているものがある（本書１９９頁・第5章「それぞれのその後」表紙）。若松園はこの年2月、白亜のモルタル造りの銭湯機能付きの風呂場を新築し、児童らの入浴だけでなく、地域住民に銭湯として開放し、運営費の一部を賄っていた。

集団就職　高度経済成長を支えた金の卵たち　澤宮　優　著（弦書房）２０１７年

中学卒業後、生まれ育った地から学校単位の集団で都会へと出て働いてきた人たちの記録。本作品の舞台は主として岡山県南部であり、集団就職にはほとんど無縁の地域だが、当時の社会状況を描くうえで、参考にさせていただきました。

ああ!!女が日本をダメにする　安部　譲二　著（中経出版）１９９８年

作家・安部譲二氏のエッセイ。氏の幼少期のエピソードを本作品に幾分反映させました。

予備校の英語　伊藤　和夫　著（研究社）１９９７年

本作品のスルガ予備校の井藤和生先生を引合いに出したエピソードは、駿台予備校元英語科講師の伊藤和夫氏の本書にある随筆「肌で十年」をモチーフにしたものです。

Ｌｉｔｔｌｅ ＤＪ　―　小さな恋の物語　鬼塚　忠　著（ポプラ社）２００７年

同　映画　永田　琴　監督　神木隆之介、福田麻由子ら主演

海辺の病院に入院した少年と少女の、病院の院内放送とラジオを通した初恋物語。原作は神奈川県横須賀市、映画は北海道函館市が舞台。時代はいずれも１９７７（昭和５２）年。この作品の登場人物をモデルにした人物を数名、本書で登場させています。この作品に出会わなければ、私は小説を書くことはできなかったでしょう。原作者の鬼塚氏はじめこの作品に携わった皆さんに、この場を借りて深く感謝いたします。

めぐみ園の夏　高杉　良著（新潮社）２０１７年

ビジネスマン小説の巨匠として名をはせる高杉良（本名・杉田亮一）氏が、小6から中1の約1年半、千葉県の養護施設「めぐみ園」で過ごしたときの物語。１９５０年頃の養護施設とそれを取り巻く状況、さらにはその周辺の人たちの等身大の姿が描かれています。なお、この「めぐみ園」という施設名は仮名ですが、登場人物名（こちらも仮名）と地名（こちらは実名）等から察するに、同県船橋市にある児童養護施設「恩寵園」であることが伺えます。ちなみにこの「めぐみ園」も実在の「恩寵園」も、どちらもキリスト教系の養護施設です。

謝辞

私が小説を書き始めたのは、今から2年前の年明け。先ほど挙げた映画のＤＶＤを岡山県立図書館で借りて、正月明けに観ました。この映画に出てきた私より幾分年上の少年少女たちと、過去の自分自身を出会わせて物語を作ってみたいと思い立ち、小説を書き始めました。書いていくにつれ、自分の書くべきものが見えてきました。

6歳で岡山市内の養護施設に来て、１８歳までいた。小5のとき、大学祭の鉄道研究会の展示に３日間通い詰めて「スカウト」され、そこで諸先輩方と知合っていたことが、大学に行く最大の原動力となっていた。その後、勤労学生として正社員で働きながら大学を卒業した。しかし、前著を出版した１４年前は、まだ当時のことに関する怒りが収まっていませんでした。「孤児扱」したのは当時の岡山県であり、その根底にあるのは昭和の「家制度」をベースにした家庭観を持った者たちである。こいつらを叩き潰すためなら、私は悪魔とでも手を結ぶ。そんな思いを持ち続けていた私は、前著で「岡山を出る」と宣言しました。政治家をされている先輩が、読んですぐ、私に電話をかけてきました。

「本当に、岡山を出るつもりか？」

私ははっきりと、そのつもりですと答えました。

「岡山を出るのは構わん。ただし、人とのつながりは、簡単に切るものではないぞ」

結局私は、岡山市を出て、兵庫県で約6年間生活しました。その間も、岡山から仕事の依頼があれば、戻ってきて仕事をしました。やがて、岡山方面から多くの仕事が立て続けに入ってきました。結局岡山に戻って、それから4年。その間もいろいろありましたが、先ほど述べた先輩はもとより、いろいろな方のお引立てに恵まれました。

本書の出版契約日は、2月5日。天赦日という縁起のいい日だから、そこにしようと思い立ち、いったん「2日」と書いたものを、「5日」と読めるように訂正しました。

ところがその週末、意外なことが起こっていたことを思い知らされました。

2日の夜、社会保険労務士をされていた先輩が、入院中の病院で倒れ、その後5日の朝3時前、亡くなられたとのご連絡を受けました。その方の通夜は7日の金曜、葬儀は翌8日でした。通夜に参列し、翌朝、葬儀の始まる前に、もう一度だけ、斎場に行ってご挨拶させていただきました。政治家をされている先程の先輩以上に、この20年来、ずっと気にかけていただきました。小説を書くことにはあまりいい顔をされていませんでした。それよりも宅建の資格を取って、不動産屋をしたらどうかと言われました。しかし、これも何かの縁だと思い、私は、小説をさらにしっかりと書いていこうと、決意しました。

「もう、(養護施設時代の経験を) 怒りの対象から外すべき。前向きに生きるべきだ」

その先輩に最後に病院でお会いしたとき、そう言われました。怒りの対象から外せたかどうかはわかりませんが、当時の経験をもとに、自分ではなく相手である職員の側に立ってこうして物語にしていくにつれ、怒りの感情は徐々に薄れていました。本書をまとめ上げたとき、その怒りは、完全ではないものの、気にならない程に薄れていました。

そんななか、ビジネスマン小説の巨匠・高杉良氏が少年期に養護施設に預けられた時期のことを描いた小説に出会いました。読んでいくうちに、ふと、ある事件を思い出しました。千葉県船橋市にある児童養護施設「恩寵園」で起きた園長や園長の息子らによる虐待事件が今から約25年前に表面化し、社会問題となったのです。結果的に創業者の息子である園長に孫である児童指導員らは解任され、後に逮捕され実刑判決も受けました。高杉氏こと杉田少年の入所した養護施設がその「恩寵園」であるなら、確かに、その兆候は当時からあったのだなと思うに余りありました。しかしこの作品では、そのような職員ばかりではなく、子どものために親身になって世話をしている職員が少なからずいたことも、しっかりと描かれています。

養護施設には、確かに問題のある職員もいるが、一方で、立派な職員もたくさんいるところです（それを理由にあのような虐待事件を擁護する気は、毛頭ありませんが）。私は一養護施設出身者として、そのことも含めて、これからも書き続けていきたいと思っています。すでに続編も、準備中です。今度は、元園児や元職員の皆さんの、さまざまな人生模様を描いていきたいと考えております。

最後に、これまで（本名としての）私が個人的にお世話になってきた、そして今もお世話になっている皆様に、この場を借りて感謝の意を表明させていただきます。

（謝辞終）

巻末資料

半田山、峰の若松露をなみ　色あせにけり　育てざらめや

１９３６（昭和１１）年１２月５日　若松園開園にあたりて

詠み人　若松園　初代理事長兼園長　国富　友次郎

岡山市立伊島小学校初代校長、高等実科女学校（現就実学園）創始者

岡山市議会議員、岡山県議会議員、岡山市長等を歴任

本作における養護施設よつ葉園のモデルは、岡山県岡山市内にある児童養護施設「若松園」です。

運営母体　社会福祉法人　備作恵済会　若松園
創立年月日　１９３６（昭和１１）年１２月５日
現理事長　高月　和紘
歴代園長　国富　友次郎（岡山市長等を歴任、若松園初代園長・理事長）
　　　　　大森　次郎（若松園2代目園長　１９５３〜１９７２）
　　　　　西　　彌（同3代目園長　１９７２〜１９８２）
　　　　　高月　和紘（同4代目園長　１９８２〜２０１７）
現園長　　津嶋　悟（２０１７年4月より、同園5代目園長兼常務理事）

創立地　岡山市津島１０３６（当時。現・岡山市北区津島南１―３―４６）
　　　　社会福祉法人認可　１９５３（昭和２８）年４月２２日
　　　　１９８１（昭和５６）年５月２３日、現在地に全面移転。現在に至る。
現在地　岡山市中区海吉２０６番地
職員数　３１名（２０１９年４月１日現在）
児童数　定員６６名（本園６０名、地域小規模児童養護施設６名を含む）
現児童数　５５名（２０２０年４月１日現在）
児童家庭支援センター「どんぐり」を本園敷地内保育棟にて運営
防火用水としての機能を持つ幼児向けプールあり（１９８１年８月竣工）
毎年１１月の第１日曜日に行われる「若松園まつり」では、釣り堀としても活用されている。

本データの元資料

創立５０周年を顧みて（社会福祉法人備作恵済会若松園編・１９８７）
きらきら（同編・若松園広報誌。年２回発行）
若松園ＨＰ　http://www.wakamatsuen.or.jp/

若松園歌

作詞　有本　芳水
作曲　則武　昭彦

一
のぼる朝日に　旗あげて
みんなでみんなで　肩組んで
元気に歌を　歌いましょう
たのしいたのしい　若松園

二
空にかがやく　金の星
お庭に咲いた　赤い花
あれは父さん　母さんよ
うれしいうれしい　若松園

三
愛の花輪に　まもられて
昨日も今日も　また明日も
手に手をとって　学びましょう
しげれよしげれよ　若松園

私が6歳から18歳までの12年と5か月、まさに、ドイツのヒトラー政権誕生から崩壊までの期間とほぼ同じ時間を過ごした場所が、この若松園という養護施設です。

小学6年生の5月、現在の岡山市北区津島より同市中区海吉の地へと全面移転。その後、大学に合格するまでの間、私は現在の若松園で過ごしました。

私の「影」として、米河清治とＺの2人を本作のシリーズでは登場させていますが、これは他の作品との関係上、あえて分けて書く必要があるためです。

私は岡山大学の鉄道研究会に小学5年生の11月の大学祭で先輩方に「スカウト」されてその後通うようになりました。中2の4月、岡山大学ことＯ大学の周辺で先輩と一緒に鉄道研究会のビラを撒いていたのは、実話です（ただし、実際は新入学の女子学生に声をかけられたりはしていません～苦笑）。私の鉄道趣味との関わり、さらには大検から大学に向かう過程についても、米河少年とＺ少年を通して、今後さらに展開させていきます。

与方　藤士朗（よかた　とうしろう）
本名：米橋　清治（よねはし　きよはる）
1969年9月　岡山県和気郡備前町（現在の備前市）生れ
２歳で両親が離婚。その後父方祖父母の養子となるも、祖父母の相次ぐ病死により、６歳から岡山市内の養護施設（現在の児童養護施設）に入所。
1985年　4月　高校入試に不合格のため、岡山県立烏城高等学校に進学。
1987年10月　大学入学資格検定合格
1988年　3月　大学合格を機に、岡山県立烏城高等学校を中退。
養護施設を退所。岡山大学近辺に下宿。
1988年　4月　岡山大学法学部第二部法学科入学。
在学期間中は、印刷会社で正社員として勤務。
1933年　3月　同卒業。印刷会社を退職し、学習塾に勤務。
その後、学習塾経営、家庭教師等を経て、現在に至る。
小説・養護施設シリーズ　現在、続編執筆中。
鉄道評論・旅行記、随筆についても執筆。

著書　「とむらいの汽車旅２万キロ」本名名義　2006年9月　吉備人出版。
趣味　鉄道研究・旅行（岡山大学鉄道研究会ＯＢ）
酒の飲み歩きとラーメン・カレーの食べ歩き、
銭湯・サウナ・温泉めぐり、アニメ・プリキュアシリーズの視聴

以下、当方の作家与方藤士朗としての宣伝媒体です
連絡先　yakumo@diary.ocn.ne.jp
与方藤士朗　公式ブログ　https://ameblo.jp/yokatatohshiroh
同　Facebook公式ページ　https://www.facebook.com/yokatatohshiroh/
同　フォートラベル旅行記　https://4travel.jp/traveler/kisashi180
（旧・やくも少年のページ）
同　カクヨム　https://kakuyomu.jp/users/tohshiroy

表紙写真　若松園（岡山市中区海吉）園舎前より公道に至る道に咲く桜
（２０２０年4月３日撮影）

小説・養護施設シリーズ　1
一流の条件　～ある養護施設長の改革人生

2020年6月22日　第1刷発行

著　者　与方藤志朗
発行者　つむぎ書房
〒103-0023　東京都中央区日本橋本町 2-3-15
共同ビル新本町 5 階
電話　03(6273)2638
https://tsumugi-shobo.com/
発売元　星雲社（共同出版社・流通責任出版社）
〒102-0005　東京都文京区水道 1-3-30
電話　03(3868)3275

ISBN978-4-434-27615-6　C0093